2022 통영 출신 및 통영 연고 문인 육필 모음 문집

따스한 숨결로 쓴 타임캡슐

2022 통영 출신 및 통영 연고 문인 육필 모음 문집

따스한 숨결로 쓴 타임캡슐

사단법인 한빛문학관

발간사

문인 육필 모음 문집을 펴내면서

차 영 한
(사, 한빛문학관 관장 ·
시인 · 문학박사)

한빛문학관에서는 기록 차원에서보다 기억도 지울 수 없는 문인 육필 모음 문집을 펴내게 되었습니다. 통영 출신 문인은 물론 통영과 연고 있는 문인들이 참여한 의의는 70인의 결집을 보아서도 알 수 있습니다. 그간 전국의 각종 문예지가 극히 몇 명씩 편애적으로 소개해 왔지만, 통영지역 문인 육필 모음 문집 단행본을 펴낸 사업은 한국문단사에 최초인 것으로 보입니다. 현재 우리나라도 우주시대 참여를 본격화하는데 우주에 보낼 타임캡슐(Time capsule)적 자료도 기대되기 때문입니다.

다가오는 미래는 그 시대를 대표하는 기록보다 인간의 손으로 직접 쓴 글씨(One's own handwriting an autograph)라는 호기심에 관심은 고조될 수 있을 겁니다. 계속 발사되는 누리호에 기념비적인 자료 중에 통영에서 단행본으로 출간된 시와 수필 모음 문집이 선택될 경우, 일반 간행물이 아닌 아주 귀한 우리들의 숨결로 썼기 때문입니다. 이러한 컴퓨터 프로그래밍이 바로 그 프랙탈 도형의 알고리즘이기도 합니다.

앞으로 우주에 걸맞게 인간은 최소 1미터 이하 또는 15센티까지 탄생될 경우, ET처럼 두뇌만 발달된 기형화가 예상됨에 따라 인간의 손이 퇴화된 우주인들은 통영지역에서 간행한 육필 모음집을 소중한 보물로 인정할 것입니다. 왜냐하면 우주인들의 성격에서 지구에 살던 인간에 대한 멜랑콜리아적 DNA는 지울 수 없기 때문입니다.

끝으로 통영시의 지원에 대한 고마움과 그동안 참여한 문인들께 다시 한번 깊은 감사를 드립니다.

2022년 09월 08일

축 사

통영 문화 사료로써 가치 있는 육필 사화집 발간을 축하드립니다

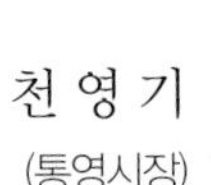

천 영 기
(통영시장)

한빛문학관이 의욕적으로 개최하는《통영 출신 문인 및 통영 연고 문인 육필 모음 문집》발간을 진심으로 축하드리며 차영한 관장님의 지역 사랑, 문학 사랑 운동에도 큰 박수를 보냅니다.

임인년을 맞아 한빛문학관은 지역 문학관의 위상을 공고히 하고, 지역 문학 발전을 위한 큰 걸음을 걷기 위한 사업으로 문인 육필 모음집 발간을 기획하였다고 하니 많은 분들의 관심과 성원이 있기를 바랍니다.

날로 진화되어가는 SNS시대에 육필은 사라질지도 모르는 유산이 되어가고 있습니다. 진정성 있게 백지 위에 눌러 쓴 문인들의 육필은 그 자체만으로도 문학적 향기를 전해주기에 충분합니다.

거기에다 예향 통영 출신 문인과 통영과 연고 있는 문인들을 총망라하였다고 하니 이 한 권 문집만으로도 큰 의미를 갖는다고 하겠습니다. 풍광이면 풍광, 역사면 역사, 예술이면 예술 어느 것 하나 부족함이 없는 통영의 모든 것들을 문학 속에 구현한 문인들의 체취는 현세대는 물론 미래 세대에게도 중요한 가교가 될 것이라 생각합니다.

이번 육필 사화집은 통영 문화를 굳건히 하는 또 하나의 디딤돌이며 켜켜이 쌓아가는 사료로써의 가치가 있을 것이라 확신합니다.

책의 출판을 위해 노력을 아끼지 않으신 차영한 관장님께 다시금 감사의 말씀을 드리며, 지역 문학발전에 더욱 힘써 주실 것을 부탁드리는 바입니다.

2022년 08월 30일

축 사

통영 예술의 튼튼한 뿌리,
현재와 미래를 잇는 소중한 자료집 발간을 축하드립니다

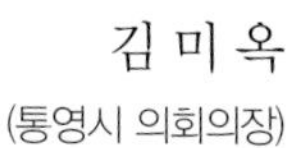

김 미 옥
(통영시 의회의장)

존경하는 문화 · 예술인 여러분! 대단히 반갑습니다.

지역문화예술의 보존과 부흥에 앞장서는 한빛문학관의『통영 출신 및 통영 연고 문인 육필 모음 문집』발간을 진심으로 축하드리며, 귀중한 문집이 발간되기까지 노력을 아끼지 않으신 차영한 관장님을 비롯한 관계자 여러분께 깊이 감사드립니다.

오늘날은 기술의 발달과 생활수준의 향상이 이루어져, 문화의 수준이 국민의 삶의 질과 국가 경쟁력 향상에 미치는 영향력이 큰 시대입니다. 즉, 문화예술은 국가 브랜드 가치 제고를 위한 필수적 요소라고 할 수 있습니다. 요즘에는 인쇄되어 나오는 종이책을 넘어 전자책 'E-book'이 활성화 되는 등, 문인들께서 종이 위에 손으로 직접 글을 써내려간 육필은 점점 희소해지고 있습니다.

그러나 육필은 단순히 지난 시대의 유물이 아니라, 글쓴이의 정신세계, 삶의 흔적, 문학적인 혼이 담겨 있기에 육필 그 자체가 또 하나의 작품이 되기 마련입니다.

예향 통영에서 살아오신 문인들과, 그리고 통영 출신이신 문인들께서 지내오신 세월의 자취가 묻어 있는 육필 모음 문집은 우리 통영의 문화예술에 튼튼한 뿌리가 되어줄 뿐만 아니라, 현재와 미래의 문인들이 과거의 문학인과 교감할 수 있는 매개체가 될 것이라고 믿어 의심치 않습니다. 소중한 자료를 세상에 내어주신 문인들과 차영한 관장님께 다시 한 번 감사드립니다.

끝으로『통영 출신 및 연고 문인 육필 모음 문집』발간을 거듭 축하드리며, 문학을 비롯한 통영의 문화예술과 한빛문학관의 무궁한 발전을 기원합니다.

감사합니다.

2022년 09월 01일

통영시 옛지도

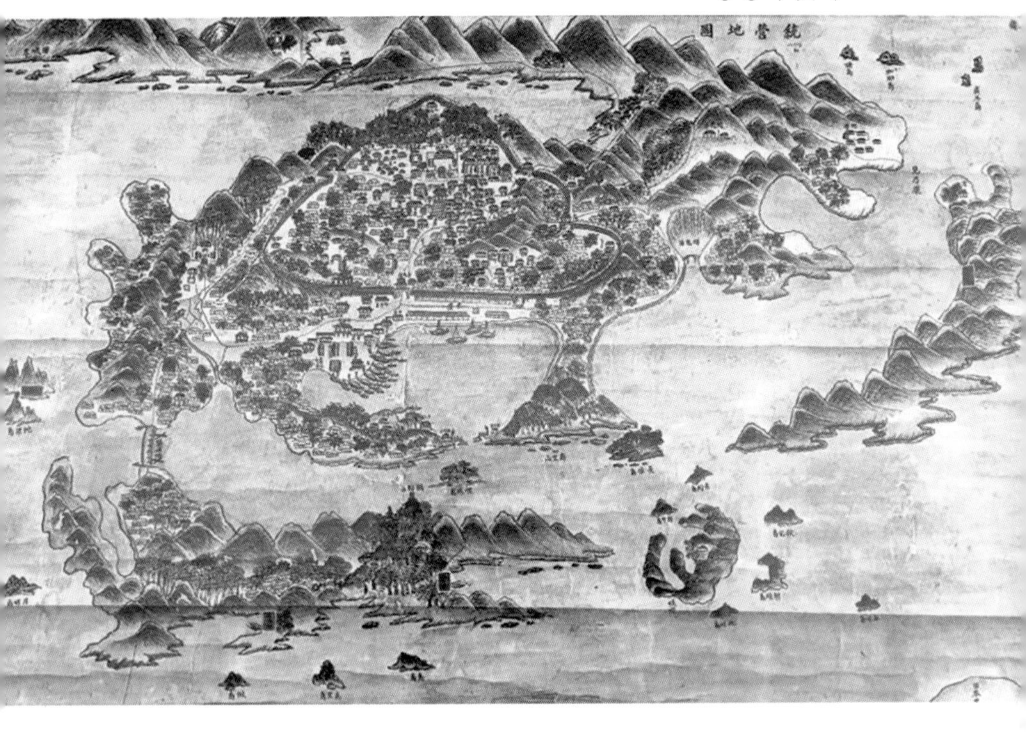

2022 통영 출신 및 통영 연고 문인 육필 모음 문집

따스한 숨결로 쓴 타임캡슐

제 3 부

제 4 부

제 5 부

부록 | 사)한빛문학관 소장

표제 육필 : 차영한

한빛문학관 題字 : 농재 선생

제1부

〈동시〉

두미도

이창규

남쪽바다 먼 뱃길
우뚝 솟은 섬나라
머리에서 꼬리까지
동백꽃이 예쁘다.

포구에서 잠자는
파도에 쌓인 보물
처음부터 끝까지
섬 일주로가 즐겁다.

아름다운 자연경관
청석에서 연동마을
천왕산 얼 받아 살면서
관광지로 새겨 놓았다.

이창규
–1978년 5월호 《아동문예》에 동시 천료 등단/1991년 《문학공간》 수필 당선 등단/경남PEN문학위원회(회장 역임) · 경남아동문학회 · 수향수필문학회 회원 · 통영지역 초등 교사 역임(창원 거주)/수필집 《내 안의 행복》 《바람이 남긴 자리》 외 동시집 등 출간

오래된 집

홍 진 기

부서지는 별빛 받아 산그늘에 바람 차워
낡은 지붕 담장 아래 풀벌레가 모여 사는
골 깊어
무거운 침묵
배나무집 안마당

할머니 밭은 기침 안고 떠난 산울림
대문채에 비기고 선 감나무 낡은 가지
먹다가
남은 까치밥
이가 시린 조각달

홍진기
–1979년 2월호 《현대문학》에 자유시로 천료/1980년 가을호 《시조 문학》에 시조 천료/한국문인협회 · 경남문인협회 외/한산중학교 교사 역임(창원 거주)/시집 《파수꾼》, 《추억의 푸른 눈빛》, 《기다리는 마음》 등 출간

통영 해안선

차영한

바람과 빛을 만나 찔레꽃 피네
배 띄워 바다 되면 물때도 아네
바닷새 날갯짓에 넥타이 푸는
저녁 불빛 기다림 껴안아 주네
지워도 속삭임은 첼로를 켜네
오~ 안부를 묻네 통영 연 띄워
오~ 네가 보고파 내 여기 사네

연잎으로 떠 있는 섬에 섬들은
물무늬 캐고 있는 우리들 쉼표네요
무지개 빛살 길에 메밀꽃 피네
해와 달 갈고 닦아 아름질 고음질
통영자개 빛깔로 별웃음 치네
오~ 섬가에 피네 하얀 줄장미꽃
오~ 네가 그리워 내 여기 사네

차영한

–1978.10~1979.7월호 《시문학》에 시 천료/같은 책(통권 제484호)에 평론당선/경상국립대학교 인문대학 출강(6년)/사)한빛문학관 운영/시집 《시골 햇살》 등 단행본 17권/수상록 1권/비평집 《초현실주의시와 시론》 등 3권 외 연구논문집 등 다수 출간

우리는 무엇으로 만나게 될까

정 영 자

세월이 흘러서 낙엽이 떨어져 내리고
수 많은 낙엽들이 또 썩어서 흙이 되고
그 흙 위에 또 낙엽이 떨어지고
달이 뜨고 바람이 분다면

그 때 속절없이
마음은 어느 언덕
어느 바다를 떠 돈다 해도
우리는 다시 무엇으로 어떻게 만나게 될까

애절을 타던 그런 날도 눈물처럼 말라버리고
먼 산, 먼 바다를 자주 쳐다보는
늙는 연습이나 하게 될지

막막한 도시의 거리를 걷다 보면
문득 문득 번개처럼 부딪치는 그리움의 잔해,
하루는 뜨고
하루는 침몰한다.

정영자

–1980년 3월호 《현대문학》에 평론 천료/2009년 여름호 《문예운동》으로 시 등단/통영여중 · 여고 졸업/신라대학교 교수/문학평론집 22권, 시집 18권, 수필집 21권, 평전 1권, 창작 시극집 2권, 엮은 책 2권 등 출간

꽃이 진다고

윤일광

꽃이 진다고
미안해 하지 마라 그대여!
꽃이 지는 것이 어디 그대 탓이랴
바람 부는 것이 어디 그대 탓이랴
그래도 자꾸 미안해 한다면
꽃이 지는 것이 그대 탓이다
바람 부는 것도 그대 탓이다
정녕 그대 탓이다
눈물 글썽이는 네 눈길에
꽃을 걸어두었기 때문이다
잊지 못하는 그리움 하나
바람에 실어두었기 때문이다

윤일광
-1981년 《교육자료》에 동시, 1983년 《아동문학 평론》에 시조, 1984년《시조문학》에 시조, 1985년 《월간문학》에 희곡 당선/통영 한산면 용초초등학교 교사 역임(거제 출신)/시집《구름 속에 비치는 하늘》 등 출간

박경리 선생 14주기 추모시

이 국민

문학의 어머니 박경리 선생님
14년전 오늘 홀연히 손 흔드신 그 일은 결코 우연한 인사가
아닙니다. 이 땅을 누구보다도 사랑하시고 우리들의 새싹과
오월의 생명을 특별히 양성하라는 계시로 받아드려집니다.

영국의 세익스피어보다 독일의 괴테보다 러시아의 안톤
체홉보다 노르웨이 헨릭입센보다 미국의 헤밍웨이보다
우리에게는 박경리 선생님이 더 귀하고 소중한 분
이십니다.

토지의 시대적 배경은 일제 강점기였지만
일본의 본토 혼슈하고도 바꿀 수 없는 분
박경리 선생님이십니다.

우리는 선생님을 떠나보내지 아니 하였습니다.
우리의 땅 바다와 들녘에 오월의 새싹과
푸른 생명으로 길이 길이 살아있을 것입니다.
사랑합니다.
오늘은 더욱더 당신이 그리워집니다.

2022년 5월 5일
통영시 산양읍에 있는 묘소앞
추모식장에서

이국민
–1983년 겨울호 《현대시조》에 천료 등단/1990년 《조선일보》 신춘문예 희곡 당선/
통영문인협회 회원/시집 《통영별곡》, 《통일의 바다》/희곡집 《통영교방》 등 출간

서호 시장

김연동

비린 허기 출렁이는 이른 저잣거리

목판에 드러누운
망둥이 몇 마리가

가난한
지느러미로
파도를 털고 있다.

김연동

–1987년 《경인일보》 신춘문예 시조 당선/욕지중학교 교사 역임(창원 거주)/경남문인협회 회원(회장 역임) 외/시조집 《저문 날의 구도》, 《바다와 신발》, 《시간의 흔적》, 《낙관》 등 출간

미륵산

최정규

비 구름 집적거려도
늘 펴인 얼굴로 청솔나무 키우는
미륵산 아는가

내세운 입놀림 없이도
연가슴으로 지친 발길 거두어 주며
산새 들새 키우는
미륵산을 아는가

험한 발길 시시로 비벼대도
새롭게 새롭게 거듭나는
미륵산 아는가

오대양 육대주 어루며
태평성세 이룰 미륵불 키우는
미륵산을 아는가

최정규
–1987년 2월호 《월간조선》 및 《월간 경향》에 시 발표로 등단/통영 독서회, 물푸레 문학 동인회 주도 《물푸레》 제11집 출간/시집 《터놓고 만나는 날》, 《통영 바다》, 《돌지 않는 시곗바늘》, 《둥지 속에서》 등 출간

크레인의 눈물

이달균

놀빛 크레인이 운다 황혼녘의 조선소
공원에서 날아온 불임의 비둘기들
허약한 강철의 눈물에
부리를 적신다

도크를 떠돌던 낮술에 취한 개는
빈 술병 쓰러뜨리고 어디론가 사라진다
누군가 벗어두고 간
작업모와 신발 한 짝

이달균

–1987년 2월 시집 《南海行》 출간, 1987년 무크지 《지평》에 발표 문단 활동/한국문인협회 · 경남문인협회 회장 외/통영시청 집필실장(창원 거주)/시집 《문자의 파편》, 《늙은 사장》, 《열도의 등뼈》, 《퇴화론자의 고백》, 평론 《시조, 원심력과 구심력의 경계》 등 출간

맛 좋은 통영 수산물

고동주

통영 바다 가득 메운 수백 개의 섬들이
흐르는 물 막아서서 놀고 돌게 하는 순간
바다 생물 생육 조건 최상의 낙원이라
그 밖에도 좋은 환경 얼마든지 더 있으니

동물성 식물성이 조화로운 프랑크톤
성장에 알맞도록 안방 같은 겨울 수온
고기떼 이동할 때 적당한 바다골이
진하지도 않으면서 알맞은 소금기 등

그런 환경 다 갖춘 곳 통영 밖에 없다하니
그래서 수산물 맛 세계에서 으뜸이라
하나님이 내려주신 보물 중에 보물이다
우리 모두 정성 다해 깨끗하게 보존하세

고동주
–1988년 《경남신문》 신춘문예에 수필 당선, 동년 《한국수필》 천료/한국문인협회 회원 · 경남PEN 고문(회장 역임) 외/통영시장 역임/수필집 《파도에 실려 온 이야기》, 《하얀 침묵 푸른 미소》, 《사랑 바라기》 외/수필 선집《동백의 씨》 등 출간

내 아직 못 만난 풍경 중에는

김혜숙

내 아직
못 만난 풍경 중에는
'그대'라고 불러 볼
그런 풍경이 있을 것만 같아

뜨겁게 가슴칠 징소리
울릴 듯 울릴 듯
이 세상 어딘가에 불현듯
그런 풍경이 솟아
은사시 나무 해맑은 손
마주 쥔 떨림만큼
해 저무는 강물에 어리는
물빛 마음이리

영혼으로 밖에 비칠 수 없는
한 풍경에 서서
이승의 남은 날을 울먹이려다

김혜숙

–1988년 2월 《현대문학》에 시 천료 등단/한국문인협회 · 경남문인협회 · 통영문인협회(회장 역임) · 수향수필문학회 회원/시집 《너는 가을이 되어》, 《내 아직 못 만난 풍경》, 《바람의 목청》, 《시의 본색》, 《비밀이다》/시선집 《그림에서》 등 출간

바다, 모른다고 한다

문 영

바다로 울며간 날과
내다가 울던 날을
너는 모른다고 한다

우르르 꽃잎에 햇살 찾아들던 날과,
스르르 꽃처럼 피었다 지던 날을
나는 모른다고 한다

손바닥을 적시던 손과,
발바닥이 젖던 발을
너와 나는 모른다고 한다

살다가 사라지는 것들을
위로하는 듯 조문하는 듯
바다의 경전을 외우는 파도가
우주적 책읽기라는 걸
우리는 모른다고 한다

문 영 (본명 : 문상영)
–1988년 6월 《심상》에 시문학상으로 등단/1976년 통영 물푸레 문학회 동인 활동/
시집 《그리운 화도》 외 3권/비평집, 산문집 각각 1권 등 출간

탈춤

이향지

얼굴밖에 얼굴을 쓰고
마음밖에 마음을 쓰고
손들어라 발들어라 바람머리 들어라

이탈 저탈 속탈 까탈
스무살적 종이탈
서른살적 참박탈
마른 천에 나무탈
설왕설래 사설탈
청실홍실 매듭탈

소고를쳐라 장고를쳐라
공국섬 허리에 파도 들었다
본디섬 물목에 갈매기 들었다
불에도 물에도 내가 들었다

내탈벗어 굴에 주고
네탈 벗어 길에 주고
닻들어라 돛달아라 사랑머리들어라

이향지

–1989년 9월 《월간문학》에 시로 등단/통영 출신(서울 거주)/시집 외 《구절리 바람 소리》, 《물이 가는 길과 바람이 가는 길》, 《내 눈앞의 전신》, 《햇살 통조림》 4권과 에세이집 2권 등 출간

봄 밤에

서 대 승

가면 어디 간다고 말이나 하고 가지
혼자만 봄꽃 따라 하늘 먼길 찾아 갔지
떠난지 십년 넘어도 소식 한번 없더니

은하수가 내린다지
벚꽃 나무 가지 사이
허허허, 귀에 익은 헛웃음
공원길을 메우네
형님아, 소풍 생각나
산책로길 찾아오나.

서대승
–1992년 1~2월 격월간 《문학세계》로 시조로 등단/경남문인협회 · 통영문인협회 회원(회장 역임)/시조집 《자연산이 되려고》 등 출간

제2부

산 행

유 귀자

산맥같은 아들을
품을 일이다

물길 같은 딸을
기를 일이다

구비구비 골골이
목숨붙은 모오든 것

잘도 품고 길러내는
어머니 가슴 닮을 일이다

유귀자

–1992년 11~12월 격월간 《자유문학》에 시 신인상 등단/시집 《사랑이 깊으면 외로움도 깊다》 등 7권과 산문집 《자유의 자유로움》 3권 등 출간

단 추

김다솔

잘못 채워진

첫 단추가

뒤틀어 버린 삶

풀어 헤치니

이렇게 편안한 것을

김다솔

–1993년 《문예한국》 수필/2002년 월간 《문학공간》에 시로 등단/통영문인협회·수향수필문학회 회원/시집 《궁항리 바다》, 《바다와 시인》, 《편지를 쓰고 싶다》 등 출간

용화사 가는 길

박 미 정

벚나무 우거진
작은 동네 지나면
활엽수 어우러진
좁은 오솔길

햇빛 파란
여름바람 아직 이른
그 자리 봄꽃은 피어서 웃네
속세의 먼지를 씻어주려는가
산새소리
소나기처럼 쏟아지는데
저만치 산허리
앉은 학 한 마리
땡그랑
풍경소리 듣는 걸 보니
여기가 바로
도솔천이로구나

박미정
–1994년 5월 《한맥문학》으로 시 등단/통영 출신(부산 거주)/부산문인협회 회원 외/신라대학교평생교육원 교수/시집 《소년의 휘파람》 외 8권, 수필집 《해무를 벗기다》 1권 등 출간

수필 '내쫌 만지도' 중에서

양미경

보거래이. 느그 만지도라 카는 섬 이름 들어봤나? 주변 섬보다 사람들이 늦게사 정착했다고 만지 晩地에서 비롯된 말이라카네.

거를 갈라카모 달아항에서 배를 타 가꼬 연대도를 들어가가 출렁다리를 건너모 쪼갠하이 이쁜 섬이 만지돈기라.

요새 연대도와 만지도 사이에 가운데 다리가 생기고 나서부터 젊은 아아들 끼리끼리 손잡고 마이 안 오나. 가들 보믄 우리도 덩달아 젊어지는기라.
탱탱한 피부에 반짝거리는 눈으로 우스믄서 인사해주믄 그기 우리한테는 어루만지주는 기나 마찬가지데이.
눈부시던 청춘 그 옛날로 돌아가는 느낌 말이다.
그런 기분 들믄 동네 할마씨들과 조개 캐러가는 재겨운 걸도 즐거븐기라.

-중략-

양미경
-1994년 8월 《수필과비평》으로 수필 등단/한국문인협회 · 경남문인협회 · 통영문인협회(회장 역임) · 수향수필문학회(회장 역임) · 물목문학회 회원/수필집 경상도 사투리《내쫌 만지도》 외 4권 등 출간

고요함

조극래

별빛 한 움큼 보냅니다

간밤에
빚어두었던 외로움이

[illegible]이거든

저린 곳

쬐십시오

조극래
–1999년 겨울호 《오늘의문학》과 1999년 12월호 《문예사조》에 시로 등단/통영문인협회 회원 외/시집 《답신》. 평론집 《초보시인을 위한 현대시 창작이론과 실제》 등 출간

은빛 날개

제왕국

세월의 가지 다 잘린 늙은 둥치에 꽃이 피었다
왜 저렇게 꽃을 피워놓고
사랑의 불을 지피고 있을까
대놓고 사랑을 꾀는 저 둥치에 나비 한마리 살포시
앉는다.
살아서 나부끼며 가벼워진 몸으로, 다 닳아버린
사랑으로 바람의 길을 막고 서 있는
둥치여! 그대 몸 고단하지 않는가
그대처럼 나도 사랑의 불 활활 태울 수가 있다면
네 곁에서 한 송이 꽃 피어볼 수 있을 텐데
그러나 세월의 언약 곁으로 살며시 다가가 보지만
석양은 이미 기울고 있는 것처럼
내 포만감에 젖은 세월 또한 저 석양과 같은 것을
너에 대한 사랑은 은빛 날개처럼 하염없이
부서진들
무슨 소용 다 하리

제왕국

–2000년 4월 《수필문학》에 수필로 등단/한국문인협회 · 경남문인협회 · 수필추천작가회 · 통영문인협회 · 수향수필문학회 회원(회장 역임)/시집《나의 빛깔》, 《가진 것 없어도》, 《아내의 꽃밭》 등 출간

想念

陳義丈

꽃을 본다
저녁 달을 본다.

기쁨과 슬픔은
언제까지 인가

해가 저문다.

진의장

–2001년 월간 《수필문학》에 수필 천료 등단/한국문인협회 · 통영문인협회 · 수향수필문학회 회원(회장 역임)/통영시장 역임/시집 《몸속에 녹아있는 시》, 수필집 《통영벅수》 등 출간

내가 쓰고 싶은 수필

강 기재

나의 수필은 백자항아리가 되었으면 한다. 도공의 영혼이 녹아있는 백자항아리는 화려하지 않으나 순수하면서도 은은한 빛깔로 우리의 마음을 끌리게 한다. 이처럼 언제 보아도 싫증나지 않으며 잔잔한 감동을 불러 일으키는 그런 작품하나 건져내고 싶다.

나의 수필은 들꽃이 되었으면 한다. 들꽃은 연약해 보이지만 강인한 생명력을 지니고 있다. 들꽃의 향기는 장미꽃처럼 진하지 아니해도 순수하면서 해맑은 향기를 뿜어낸다. 나도 오랜 생명력을 지니면서 맑은 향기를 퍼뜨리는 그런 글 한편 쓰고 싶다.

나의 수필은 법정스님의 글을 닮고 싶다. 스님의 글은 언제 읽어도 산뜻하면서 시원하다. 글 속에서 자연사랑과 인간 사랑을 배우게 된다. 스님은 소유의 관념을 버릴때 비로서 큰 세상을 갖게 된다는 무소유의 역리를 가르쳐 주셨다. 나도 법정스님 처럼 시원한 옹달샘물 같은 그런 수필 한편 써 보고 싶다.

강기재

–2003년 1.2월 《수필문학》에 수필 천료 등단/2013년 7월 낙동강문학 시조 신인상 등단/수필문학추천작가 회원(현 이사) · 통영문인협회(회장 역임) · 수향수필문학회 회원(회장 역임)/수필집 《도다리 쑥국》, 《양철도시락 》. 시집 《효자손》 등 출간

아마도島 3

송정화

제발,
하고 빌었는데
재발이어서

검은 방
검은 머리카락의
누수

정월 대보름
달 따러 가자 했더니
달 따라 가버린 사람

아마도島
속수무책
캄캄해져서

송정화

–2002년 《경인일보》 신춘문예로 시 당선/통영여자고등학교 국어교사 역임(합천 출신)/첫 시집《거미의 우물》 출간

소음

허순채

현관문을 열고 들어서는 순간.
캄캄한 어둠속에서 울려 퍼지는
귀뚜라미 울음소리,
온 집안을 떠나보낼듯이 찌르르 끼리르르
울어대는 귀뚜라미 소리를 따라가보니
내 방 앞 베란다 옆 안리는 화분들
틈에서 나는 소리였다
무리에서 낙오되어 길을 잃고 헤매이다가
열려있는 베란다 창 틈새로
살짝 들어와 제 둥지를 틀었을까...

허순채
–2002년 12월 《조선문학》에 수필로 등단/통영문인협회 · 수향수필문학회 회원(회장 역임)

고향집 우물가에서 몇마디 올리는 말씀

정소란

이 집에서는 내가 잤던 방이 있어도 잘수가 없습니다. 마당에는 풀이 나무가 되었고 삭은 방충망을 뚫고 스륵 스르륵 집안으로 기어가는 담쟁이 푸른눈을 잡아걸어냈어요. 주방에는 냉장고 돌아가는 소리와 수도를 틀면 쇳소리로 얼마간 쇳물을 뿜어냅니다. 쌀은 백선을 앓는 손톱처럼 물기를 기다리고 생수도 생선도 얼어있는 냉장고를 열어 군내나는 밥상을 차려내는 그이가 기다리는 누군가는 언제 올리없는 곳에서 서성인다죠. 취사를 누르면 주황색불이 들어오고 애국가 1절을 부르고 나면 뜸이 끝나던 습성 압력솥을 아끼던 그이. 알맞게 뜨겁던 믹스커피 한잔을 들고 선창에서 부르던 동백아가씨. 카슈가 벗겨진 나전장롱에는 가슬하게 씻어둔 이불도 있고 큰딸 첫아이 돌사진과 가족사진 아래로 올리브색 전화기도 있고 보일러를 틀면 온기나는 방도있고 도무지 거품이 일지않을 고약돌이 된 비누가 있는 화장실에서 빈 뱃속 가릉대는 울음도 비우고 물을 내리면 재빨리 바다까지 보낼 수도 있지요. 나뭇가루 버석이는 평상은 치우고 그이들 즐기던 삭아넘어진 긴 의자에 메주 누르던 돌을 찾아 괴어주고 왔어요. 마당을 쓸어 먼지를 보내고 장롱열어 바람넣은 이불을 펴서 하룻밤 길게 잠을 자고 싶습니다. 어디쯤 가셨나요. 먼길갈 당신들 없는 동안 고라니 한마리 다녀 가네요.

정소란

–2003년 4월 《조선문학》에 시 당선으로 등단/한국문인협회 · 통영문인협회 · 경남시인협회 · 수향수필문학회 · 모던포엠 작가회 외/시집 《달을 품다》, 《꽃은 詩가 되고 사람은 꽃이 되고》 등 출간

달빛 낚기

박순자

그날 밤, 달이 유독 밝았다.
물비늘이 하얗게 일어나는 바닷물은 무서웠지만 영화 속 주인공이 된 듯 몽환적인 기운으로 '카노비아'를 흥얼거리고 있었다.
달 밝은 밤에 노를 젓던 청년.
펜으로 쓴 편지는 마음이 전해지고 긴 여운이 남는다고 했던가. 세알 곱고이 한 줄씨도 빗우진 편지를 버리지 않고 모은 청년은 내게 찾아온 행운이었다.
"달밤에 낚인 사람은 내가 아니고 당신이지요?"
바다만 바라보고 살아가는 청년과 부부연을 맺은지 수십 년, 함께 바라보는 붉은 노을이 고혹적이다.

박순자
-2003년 7월 《수필문학》에 수필 천료/2007년 5월 《수필과비평》으로 등단/통영문인협회 · 수향수필문학회 회원 · 물목회 회원(회장 역임)/수필집 《꽃자리》, 《달빛 낚기》 등 출간

용접

주 강 홍

상처에 상처를 덧씌우는 일이다
감당하지 못하는 뜨거움을 견뎌야 하는 일이다
한쪽을 허물고 다른 한쪽을 받아들여야 하는 일이다
애써 보지 말아야 할 일이다
처절한 비명을 참아야 할 일이다.
이 짓이며
용접이다

붙이(木 二)다

주강홍
–2003년 12월 《문학과 경계》에 시로 등단/통영 출신(진주 거주)/경남문인협회 · 경남시인협회 회원(현 회장) 외/시집 《망치가 못을 그리워할 때》, 《목수들의 싸움 수칙》 등 출간

처녀꽃나무

김부기

우리 조상 무덤가에
해마다 피고 지던
처녀꽃나무

한참 어른이 되어
배롱나무인 걸 알았네.

무슨 비밀 들켰기에
처녀의 그 마음
진분홍으로 피었을까

무슨 내막 있었기에
'처녀'로 지어 주었을까

평생 풀지 못한
나무 이름의 숙제
아는지 모르는지

이제는
그 산야 무덤가 우리 밭에서
피고 지네.

김부기
–2003년 12월 《조선문학》에 시로 등단/통영문인협회 · 수향수필문학회 회원/통영 시지편찬위원 역임

제3부

그리움

박종득

먹물 같은
밤을 찍어
너를 그린다

한장 두장
쌓여만 가는 그림
시계도 함께 부쳐
어렵사리 넘긴다

천년을 그려도
못다 그릴 너
그리다 그리다가
하얀 새벽을 그리고 만다

박종득
-2004년 2~3월 격월간 《한국문인》으로 시 등단/통영해양경찰서 근무 역임(창원 출신)/시집 《못다 부른 노래》 등 출간

도다리 쑥국

박우담

진달래
개나리
매화꽃들이 만발하는 봄날,
눈이 오다가 말다가 비가 오다가 말다가
진눈깨비가 오다가 말다가 길이 얼었다가
녹았다가 햇살이 보였다가 말았다가
봄, 봄, 봄,
봄이 왔어요
도다리가 살이 오르는 바다에
봄이 왔어요
쑥국 쑥국 쑥이 올라오는 앞산에
봄이 왔어요

박우담

–2004년 5~6월 격월간 《시사사》에 시로 신인상 등단/통영중학교에 교사 역임(진주 거주)/2011~ 계간 《시와 환상》 주간/시집 《구름 트렁크》, 《시간의 노숙자》, 《설탕의 아이들》, 《계절의 문양》 등 출간

갯 녹 음

김 승 봉

깡마른 샛바람이 휩쓸고간 동해바다
아흐레를 태우고도 성에 차지 않은듯
화마는 바람을 타고 도미노로 번졌다.

시멘트로 도배된 방파제속 유해물질
우리가 뱉어내는 일상의 그늘까지
더 넓은 바닷물속을 야금야금 스며들어

소용돌이 이는 바다 소진된 푸른기운
수많은 생명들이 떠나버린 황무지에
다공증 휩싸인 바다 숨가쁘게 앓고있다.

김승봉

–2004년 10월호 《현대시조》에 시조 신인상으로 등단/한국문인협회 · 한국시조시인 협회 회원 · 경남문인협회 · 경남시조시인협회 · 통영문인협회(회장 역임)/시조집 《작약이 핀다》, 《낯선 곳에서 길을 묻다》 등 출간

구체적인 나비

이 지령

해질 무렵
산책을 나섰다

잠시 걸었을 뿐인데 숨차 올랐다
종부리의 끄트머리에 주저 앉았다

언제 왔는지
붉은 점모시나비 한마리

내 곁에 다가왔다가
약간 기울다가

어느새
날개 접어 내 발끝에 앉았다

찰칵,

우리 사이에
짧은 고요가 번져갔다.

이지령
–2005년 봄호 《현대인》에 시로 신인상 등단/통영문인협회 · 물목문학회 회원/시집 《구체적인 당신》 등 출간

바다를 고무래질하는 달

末亂 박 시 랑

달이 바다를 고무래질 합니다

긴 달빛으로
뉘들 잡티들 섞인 바닷물을 해변으로 끌어당겨
걸러진 물 다시 한바다로 보냅니다

계절들도 먼거리도 탓하지 않는
달의 열심으로
바닷물이 여뭅니다

바다는 달 하나로 맑아지고 속이 익어갑니다.

당신도 마음의 바다 위로 달 하나 띄우시지요.

박시랑
–2005년 5월 《문학바탕》으로 등단/통영 출신(서울 거주)/시집 《즐거운 장례식》, 《한 마리 새가 하늘을 지고 와서》, 《떠돌이별 마음 닿는 자리마다》, 《만화경 살짝》 등 출간

영원한 미소

박 태 주

1600여년 전 모습 그대로의 미라를 보았다.

투루판 박물관에 전시되어 있는 수많은 유물들, 그 중에서도 유리관 안에 누워있는 여인의 미소가 내 시선에 꽂혔다. 금세라도 일어 날 것처럼 잠들어 있는 모습을 보니, 꿈인지 생신지 판단하기 어려웠다. 마치 살아 숨쉬고 있는듯해 더 그랬다.

인간의 육신을 두고 백년이란 말을 많이 쓴다. 따라서 '죽음은 무엇인가'라는 명제로 이어지면 쉽게 접근할 수 없는 일이다. 그날 이후 인간의 육신도 영원히 존재할 수 있겠다는 섣부른 판단을 내리게 되었으니 더 그렇다.

미라가 보여준 미소 넘어 나의 지난 삶이 거울처럼 비쳐진다. 나는 어떻게 살아왔던가? 어떻게 살다가 죽어야 저런 모습이 될까라는 물음에 해답을 찾을 수가 없다.

미라처럼 살다가 가고싶다는 생각은 지나친 망상이라 싶어서다.

박태주

–2005년 5월 《수필문학》에 수필로 천료 등단/통영문인협회 · 물목문학회 회원(회장 역임)/수필집 《영원한 미소 》 등 출간

우 물

박 건 오

노자(老子)의 도덕경(道德經)에 상선약수(上善若水)라는 구절이 나온다. "최상의 선(善)은 물과 같이 되는 것이다"는 뜻이다. 물은 항상 높은 데서 낮은 데로 더러운 것을 정화해 가며 흐른다. 겸손의 대명사이다. 물은 곧 생명체를 뜻하며 실제로 사람의 몸 70%가 물로 구성되어 있다.

물은 열을 가하여 데우면 기체가 되고 기온이 떨어져서 추우면 얼어서 고체가 된다. 사각형 되박에 담으면 사각 모양이 되고 삼각형 용기에 넣으면 삼각형으로…… 주변환경에 잘 적응하고 모난 데가 없다. 고여 있는 물은 썩기 마련인데 흐르는 물은 항상 생기가 넘친다. 물이 흘러감에는 앞을 다투는 법이 없다. 물의 유연성과 중요성을 화두로 꺼내니 자연스레 우물 이야기가 나온다.

우리네 선조들은 식수와 생활용수를 쓰기 위하여 마을 군데군데 우물을 파서 사용했다.

우물은 동네 아낙네의 이야기 공간이다. 우물가에 모이면 남편험담, 시누이 흉보기, 아들딸 자랑, 남의 집 숟가락 세기 이야기가 끝이 없다. 이른바 스트레스 풀기다.

하지만 시대의 흐름속에 농촌과 섬에까지 상수도가 공급되면서 추억어린 우물은 다시는 볼 수 없게 되었다.

박건오

–2005년 5월 《수필문학》에 천료 등단/한국수필문학추천작가회원(현 이사) · 통영문인협회 · 수향수필문학회 회원(회장 역임)/수필집 《인연, 그 소중한 만남》 등 출간

당신의 이름

김수돌

우리는 오늘 당신의 이름 앞에 서 있습니다
분주한 일상을 떠나
시끄러운 마음을 내려놓고
당신의 푸르른 얼굴을 마주합니다

어느새 숙연해진 우리는
작은 호흡마저 내기가 어렵습니다

당신의 얼굴에 쓰여진 희생과 용기가
목이 메도록 고결한 까닭입니다
...

당신이 죽음의 문턱에서 떠올렸을
부모님의 주름진 얼굴
배우자의 또렷한 음성
어린 자녀의 여린 숨결
당신의 꿈
당신의 젊음
...

김수돌
–2005년 6월 《수필문학》에 수필 천료 등단/한국문인협회 · 한국수필문학가협회 · 수향수필문학회(현 회장) · 물목문학회 회원/ 수필집 《눈물의 노래》 등 출간

익명의 시

박연옥

차마 다 말할 수 없어
꽃잎으로 지는 그리움
누군가의 창가에
별빛 등을 켜면
허에라
그림자로 와서
가고 없는
그 이름

박연옥
–2006년 《중앙일보》 신춘문예 당선 등단/통영문인협회 · 물목문학회 회원/시집 《모음을 위하여》, 《은빛 화답》, 시선집 《맑다》 등 출간

치 자 꽃

— 도솔암 요사채 마루에 앉아

유담 (유영희)

치자나무 흰 꽃 올린 날

꽃잎 여느라 곤한가

푸른 잎에 업혔다

안개는 빗질로 머릿결을 다듬어

까치 한 마리 종종거리는 마당

널마루에 앉아 빗소리를 센다

추녀 끝 낙수 자갈밭에 튀고

몸으로 오른 죄를 묻는가

바람에 시달리던 풍경

오늘은 휴식이다

한 가락 향이 빗줄기에 실리고

비를 보다가

듣다가

치자꽃잎 하얀 얼굴로 드러눕고

제10회 한국꽃문학상 수상작

유영희

–2007년 11월 《수필과비평》에 수필로 등단/경남문인협회 · 경남시인협회 · 통영문인협회(현 회장) · 수향수필문학회 회원/수필집 《옹기의 휴식》, 유담 시집 《각자의 입으로 각자 말을 하느라고》 등 출간

세 월

김 명 희

홀연히 가버려 빈항아리로 돌아선다
누워잠든 풀밭헤치고 새벽을 달렸으나
언제나 돌아오는 건 후회의 몸짓이다

안개속에 녹아든 저 벽같은 절망을
얄팍한 입술로 입김불며 닦아보나
먹보다 짙은 침묵이 오롯이 잠겨있다

마음을 거두고 발길을 돌리지만
아쉬움은 답없는 담밑에서 피어나고
시간을 꼭 품어버린 산빛만이 눈부시다

김명희
–2007년 《경남신문》 신춘문예 시조 당선/현 통영시 광도초등학교 교사로 재직/경남시조시인협회 회원

흰 죽

이명윤

순하다는 말이 어떤 풍경을 품었는지 알 것 같아
서로의 몸을 부드럽게 핥아주는 초원을
강물에 퍼지는 우리의 살 냄새를
알 것 같아

천천히 고개를 돌려 나를 바라보는 얼굴이
온몸을 글썽글썽 만져주는 눈빛이
입술에 닿으면
나는 알 것 같아

순하다는 말이 지금 얼마나 먼 길을 돌아오는
중인지
나는 찾아서
내 몸의 냄새를 찾아서

이명윤
–2007년 계간 《시안》 봄호에 시로 등단/시집《수화기 속의 여자》, 《수제비 먹으러 가자는 말》 등 출간

비구니

김종수

곱게도 휘날렸을
검은 머릿결은
부처님 머투리로 떨궜으랴

던져버린 립스틱
세모시 고름에 분홍빛 연정이
합장한 손끝에
새하얀 질문으로 매달렸다

누굴위한 염불인가

염치없이 포개지는
욕망의 돌맹이는 탑을 이루고
속세에 때묻은 내 걸음에
목탁은 또 매를 맞는가
산사의 온기속엔 소춘산이 녹는다

팔만장의 법문인들
가냘픈 절규하나 붙잡지 못하고
장삼속에 숨어버린 침묵에
내 어제가
꼼짝없이 삭발당한다

김종수

–2008년 7월 《시사문단》에 시로 신인상 등단/통영문인협회 회원/장편소설 《갯논》, 시집 《청개구리의 노래》 등 출간

시골 가는 길

이 경 순

모내기를 한 논가에는 하얀 개망초가 흐드러지게 피어 어스름이 내리는 저녁을 밝힌다. 바흐의 <G선상의 아리아>가 흘러나오는 동안 가로등의 노란불이 따뜻함을 품어내며 하나둘 켜지기 시작한다. 아름다운 바이올린 선율에 마음이 편안해진다.

마을과 들길을 지나자 덕천강이 보이기 시작한다. 저녁 물빛이 고요하고 조금은 쓸쓸하다. 퇴적토가 쌓인 강 곳곳에 야생초가 군락을 이루고 있다. 물고기들, 곤충들이 살아가는 생명의 서식처일 것이다. 저들도 하루를 쉬는지 강가는 평온하고 적막하다. 어둠이 내려앉은 강을 바라보노라니 고요함이 차안에도 스며든다.

해가 지고 어두워지기 시작하자 모든 사라지는 것들이 소중하고 아름답게 다가온다. 추억이 아름다운 것은 그 시간이 다시 오지 않기 때문이리라. 푸른 벚나무잎도 가을이 되면 낙엽이 되어 떨어질 것이고 아름다운 자귀나무꽃도 질 것이다. 느리게 흐르는 헨델의 <라르고> 선율이 마음을 따뜻하게 위로한다.

날은 어두워졌다. 잠수교를 건너자 딸기 하우스가 보이기 시작한다. 시댁이 가까워진다. 수없이 다녔던 길인데 이렇게 아름다운 줄 예전에는 미처 몰랐다. 멀리 보이는 불빛이 나를 기다리고 있는 것 같다.

수필 <시골 가는 길> 중에서

이경순

–2008년 7월 《수필과비평》에 수필로 등단/수필과비평작가회의 · 통영문인협회 회원 · 물목문학회 회원(현 회장)

제4부

4월 통영항에서

김태식

통영항 강구 안은
정치망 그물 속을 비워
포근한 봄을 담아 온 고깃배
만삭의 몸 풀어내고
한산도 제승당에서
충무공의 서한을 물고
통제영 본부에 닿은
갈매기들 부리로 꾸벅꾸벅
절을 하고 끼룩끼룩 구령 맞추며
학익진 대열로 통영 바다 쪼아 댄다
진군 나팔에 따라 바다로
나설배는 수평선 맞으러 심장 두드리고
밤새 머무를 배
수병들이 밧줄 묶고 있다

김태식
–2008년 8월 KBS근로문학제 수필공모에 당선 등단/통영 출신(울산 거주)/문인협회 · 수향수필문학회 회원/저서 《김태식 칼럼집》 등 출간

호수

신승희

세상에 해 지면
그림자도
묻히는 줄 알았건만

휘영청
달 아래
연못에 잠긴 왕버들

언제 심었던가

내 호수에도
왕버들 하나
자라고 있었네

신승희
–2009년 2~3월호 《한국문인》(제60호)에 시로 등단/진해문인협회회원(회장 역임)/통영 출신(창원 거주)/시집《어머니의 강》 등 출간

동백꽃

박정숙

몸 뒤틀린
동백나무 한 그루
초록 숲이다
잎새들 속에 숨어
수줍어 하는 빨간 입술
길을 가다가
한참 눈길 머물렀다
황녹빛 새 한 마리
잎인지 새인지 모를
내 눈을 처음 맞춘
작은 동박새
아무도 몰래 꽃과 나누는
사랑을 엿보았네
새 생명 잉태 시켜 놓고
어디론가 날아서 가버렸다
꽃은 떨어지고 열매는 맺히고
떨리는 가슴 아직도 꽃으로 남아
허공을 바라보는 눈빛이 붉다.

박정숙

-2009년 5월 《문학 광장》에 시로 등단/2010년 10월 《문학도시》에 시 신인상 당선/통영 출신(부산 거주)/부산문인협회회원/시집 《꽃과 별과 소금이 될 때까지》 등 출간

아 가

공 현 혜

고맙다
꽃이 밟혔으니 좋구나

미안하다
닳은 몸이라 줄 게 없구나
그래도 아가,
사는 일 아무것도 아니다
잡초도 좋고 나무도 좋다
꽃이나 열매 없이도 살아 있음 된다
나중 나중에
혼자 라는 생각에 울고 싶을 때
그 날도 오늘처럼
쓰레기 먹고 한숨 자면 된단다.

공현혜

-2009년 6월 《현대시문학》 천료, 2010년 3월 《서정문학》으로 등단/통영 출신(경주 거주)/통영문인협회 회원/시집 《세상 읽어주기》, 동시집 《애벌레의 꿈 》 등 출간

인연

박 상진

맞바람 타고
창공 높이 날아오른 연
허리가 끊어질 듯한
아픔 속에도
손을 놓지 않는 연줄

필연인가 악연인가
연줄에게 묻는다

감아 때리면 때릴수록
정신 차려
꼿꼿이 서서 도는 팽이
바람 가르며 감아 치는
팽이채

앞 뒤 자르고
악연인가 필연인가
팽이에게 묻는다

박상진

–2010년 봄호 《부산시인》 시 신인상 당선 등단/통영 출신(부산 거주)/시집 《다 쓴 공책》, 《사량도 아리랑》, 《바람과 파도의 거실》 등 출간

쉰해가 말리는 여름

김경연

봄학기로 방송대 편입한
그해 봄날
유학길 오른 딸과 생이별을 하고는
사흘 밤낮을 열에 시달렸다
열에 시달리면서 핀 마흔아홉이
마흔아홉 보내기 싫은 늦가을
쉰 해가 겨울 앞세워 찾아오면
한여름 내내 축축했던 발바닥을
발뒤꿈치 천천히 말리면서 오더라

김경련

–2012년 《문학세계》 신인상 시 등단/창신대 문예창작과, 한국방송통신대 유아교육학과졸업/통영 출신/함안문인협회 사무국장 · 경남문인협회 회원 · 국제펜 한국본부 회원 등

봄

김 계수

봄은
어머니가 따사로운 햇볕에
슬쩍 넣어
데쳐놓은 산나물
어쩌 저리 고운 연두색은 아침마다
펼쳐 놓으셨을까
입맛 따라 봄을 데쳐서는
연하고 부드러운 연두 산길에
뿌려두고 어머니 발걸음
오며 가며 자식처럼 가벼웠으리라
아, 봄은
어머니가 고운 햇살에
슬쩍 슬쩍
데쳐 놓은 산나물

김계수
–2014년 4월 《모던포엠》에 시 당선 등단/한국문인협회 · 경남문인협회 · 통영문인협회 회원/시집 《흔들리는 것이 부끄러움은 아니기에》 출간

슬퍼하지 마라 꽃이 떨어지는 것은

김판암

슬퍼하지 마라 꽃이 떨어지는 것은
슬프기 때문이 아니라
저마다 시간을 나누기 위함이니라

우리네 그림자도 꿈틀거리며 자라나는 것
찬란한 햇살 아래 그림자는 가장 작지만
그 속엔 힘찬 큰 그림자
그런 생애를 하고 있나니
지기만 하는 것은 아니니라
피기 위해서 움츠리기도 하느니라

피지 못한 꽃은 잠자지 않고
가녀린 움침으로 향기 펼칠 봄을 고대 하나니

우리네 그림자도
가장 작은 움침도

김판암
–2014년 8월 《문학세계》에 수필로 등단/2015년 8월《한국지필문학》에 시 등단/국제PEN 한국본부 회원 · 통영문인협 회원 · 물목문학회 회원/시집 《고향은 쉼 없이 말한다》 외 1권 출간

비는 마음

차 진 화

우산 끝에서 떨어지네
바람 따라 흩어지네
촉, 촉
발끝에 차이기도 하면서
웅덩이가 붙잡은 조각하늘
내려다보곤 하네 그건 나를
닮은 또 고양이는 젖어서 가네
발자국마다 고여 있는 냄새
버리고 가는 의식 같네
길 위에 오늘은 내가 많네

차진화
-2014년 9월 《시문학》(통권 518호) 신인우수상 당선 등단/1990년 2월 《시문학》 주최 전국 대학생 문예 공모전에 시 응모 입상/한국시문학문인협회 회원/논문집 《김종삼 시 연구》 출간

관음암

김맹한

배롱나무 굽은허리 천년을 묶어 놓고
비단잉어 불전 연못 마른지 오래
전생의 업보 거북등에 겹겹이 쌓고
목마른 거북탑 힘에 버겁다

보광루 돋은 햇살
관음전 뒷자락에 걸터 앉아
지긋이 눈을 감고 짓는 미소
찻잔 속 세월향 시간을 가두었네

청풍은 대숲을 유영하며 춤을 추고
처마끝 풍경風磬은 저절로 흥이 나
맑은 영혼 구천에서 노래한다

관음전 두 손 모으신 어머님
자식 앞 날 빛이되어
환히 밝혀 사랑받게 하소서!

김맹한
–2014년 10월 《청일문학》에 시 부문 신인상 등단/2016년 사)한국문학작가회 수필 부문 등단/2018년 《한국 문학정신》 시조 부문 등단/수향수필문학회 회원

몽돌

최 주철

힘들면 나를 차도 돼

울고 싶으면
나를 깔고앉아도 돼

당신을 위해
몽돌은 존재하는 거니까

최주철
–2015년 12월 동화집 《몽돌이 아프다고?》 외 5권 출간/통영 출신(서울 거주)

이둘자

통영의
봄 바다엔

몽글 몽글
장미가 핀다.

바다에 핀
장미꽃

비빔밥 위에서
향기로 인사한다.

이둘자
–2016년 01월 《문학도시》에 동시 당선 등단/통영 출신(부산 거주)/부산문인협회 · 산아동문학인협회 회원 외/동시집 《민들레의 재능기부》 등 출간

낡은 도시에서

김순효

낡은 도시에는 살아있는 사람보다 유령이 더 많다
각자 제 갈 길 떠나고 남아있는 벽면은 화려 때처럼 보여
입안에서 연기를 피워내고 부활을 위한 불을 지핀다
문장이 일제히 나부끼고 상여들 면행렬이 도시를 점령한다

검은 양복을 입은 앵무새들이 후렴구를 한다
잘린 목을 비비고 뱃고동이 간헐적으로 운다

언제까지 유령의 노래만 따라 부를 것인가

유령의 그림자 지워버린 내일을 꿈꿀 것인가

심장에 붙은 바람을 떼어 손바닥에 앉히고 별의 운명을 점쳐본다
순결한 밤을 끌어 삶의 노래를 받아쓴다

가설은 신의 경계를 넘보고 문장은 상식을 허문다

어둠이 白과 같다 비로소 한줄 문장이 내 속으로 걸어온다

김순효
–2016년 봄호 《인간과문학》에 시로 등단/통영문인협회 회원

분서기

이희태

성냥불을 붙이며 얼핏 쳐다본 아버지의 얼굴에는 당황하는 빛이 역력했다. 잘못했다고, 다시는 그런 일이 없을 거라고 무릎이라도 꿇기를 기대하셨을 것이다. 결연한 표정으로 아버지에게 어깃장을 놓는 내가 얼마나 맹랑해 보였을까.

책은 순식간에 재로 변하고 말았다. 책을 삼켜버린 불꽃은 가방에 옮겨 붙어 매캐한 냄새를 풍기며 더욱 활활 타올랐다. 마당 귀퉁이에는 검붉게 피어난 장미가 '그 아버지에 그 아들'이 연출하는 상황을 지켜보고 있었다. 타오르는 불길 때문인지, 내 안에서 솟구치는 아버지에 대한 증오 때문인지 모르지만, 내 얼굴 역시 불덩이처럼 달아오르고 있었다. (중략)

홧홧하던 불길을 앞두고 서로 날선 마음을 겨누었던 부자지간. 그때의 아버지보다 더 나이가 든 아들은 그렇게라도 아버지가 서 계시던 풍경에 종종 발목이 잡히곤 한다. 재로 변해 훨훨 날아간 활자들처럼 아버지도 영영 내 곁을 떠나신지 오래다. 혹시라도 내 분서기가 그 먼 장정에 짐이 되지는 않았을지.

나이가 들었다는 징조일까. 한때 원망뿐이었던 아버지지만, 오늘만은 당신께서 남긴 족적을 순한 화해의 눈매로 바라보고 싶어진다.

이희태

–2016년 2월 《문학도시》에 수필로 등단/통영 출신(부산 거주)/수필집 《내 삶의 그래프》, 《아름다운 동행》 등 출간

제5부

만물의 영장

박 병수

데카르트가 설파하였다. 「나는 생각한다. 고로 존재한다」 철학의 시발점을 찾으려는 시도에서 나온 개념이지만, 또한 인간이 다른 존재와 구분되는 당위성을 일컫는 말이다. 인간은 생각하기 때문에 존재하며 또 위대하다는 의미이다. 파스칼은 「인간은 생각하는 갈대다」 하면서 인간의 연약함과 위대함을 동시에 표현하였다. 인간은 생각하기 때문에 타 동물과 구분되며 찬란한 문명을 이룰 수 있었고, 만물의 영장으로 군림할 수 있었다. 인간이 과연 만물의 영장인가? 다른 동물에 비하면 인간은 대단한 존재이고 이루어낸 업적을 보면 엄청나게 보인다.
하지만 인류가 성취한 문명이 찬란한 만큼, 이면에는 엄청난 부작용이 동반되고 있다. 지구온난화, 환경오염, 인간성의 붕괴, 생물의 멸종 등의 악재가 인간의 성취와 함께 독버섯처럼 피어나고 있다. 사실 인간의 번영 자체가 모든 생명체에게는 재난이며 인간 자체에게도 크나큰 재앙이다. 인간이 번창할수록 인간이 멸망할 조건들을 함께 키우고 있다. 번영, 번성과 함께 멸망, 멸종 등의 명제도 부각되고 있다. 인간이 잘한다고 한 행위가 결국 인간을 망치고 지구를 파괴하고 있다. 인간이 풍요로워졌지만 그 혜택은 소수에 불과하고 많은 인간들이 기아와 고통으로 시달리고 있다.

박병수
–2016년 12월 《한국수필》에 수필로 등단/경상국립대학교 해양과학대학 교수 역임/통영문인협회 · 수향수필문학회 회원(회장 역임)

거리 두기

박길중

배역은 정지되고
무대에는 꺼진 불

고독이 입을 막고
뜬눈으로 다가 설제

몸 털려 지샌 밤중엔
헛개비만 나온다.

박길중
–2017년 2월 《수필과비평》에 수필로 등단/2019년 봄호 《현대시조》에 시조로 등단/
경남문인협회 · 경남시조시인협회 · 통영문인협회 · 수향수필문학회 회원

이별과 그리움

박성수

달빛은 찻잔 속에 떠있고
사랑은 가슴속에 잠겨있다

그리움은 가랑비에 젖어 흐르고
이별은 저 머언 별빛 속에 잠겨있다

가랑비 내리는 날
그리움은 촉촉히 젖어들고
저 머언 별빛은 이별은 멀다 하고

비 오는 날
구름 언덕에 앉은 머언 별은
이별은 영영 없다고 조잘이네...

박성수
-2017년 9월 《대한문학세계》 시 및 2019 (사)종합문예《유성》 한국시조문학진흥회 시조 등단/수향수필문학회 회원

고욤가락지

백란주

이리저리 햇살을 찾아든다. 가지는 하늘을 향해 회한을 토한다. 늦가을 삭발식 하듯 잎을 떨구었다. 민머리가 된 가지 사이로 비추는 햇살 한 줄과 보내는 시간, 이제야 휴지기라는 덧두리가 건조한 공기에 묻힌다.

가지는 햇살을 따라야 한다. 고욤가지는 오랜 시간을 견디어 온 자신에 대한 원망도 잊었다. 굳은살이 되어버린 결에 대한 애증인지 모른다. 회빛되어버린 시간을 찾으려 하지 않는다.

어머니의 손가락은 고욤가지를 닮았다. 방향을 잃은 듯 작은 손이 서로 갈지자를 그리듯 그림을 그리고 있다.

시린 계절을 향하는 고욤가지의 진단명은 류마티스 관절염. 마치 X-ray 촬영하듯 하늘을 향해 초점 찍고 있는 가지를 볼 때 나의 어머니 손가락이 그곳에 있음을 알았다.

고욤에 핀 꽃은 굽은 가지에서 나온 눈물임을 이제야 안다. 겨울 하늘에 있는 당신 손가락에 꼭 맞는 눈雪 가락지가 찾아가면 좋겠다.

백란주

-2018년 01월 《수필과비평》에 신인상 등단/수필과비평작가회의 · 경남수필과비평작가회의 · 통영문인협회 · 수향수필문학회 회원

시든 꽃도 아름답다

장둘선

행사장을 빛내주던 아름답던 꽃. 행사가 끝나니 갈 곳은 쓰레기장이다. 그 중에 소국은 싱싱하건만, 흰 장미는 노랗도 빨라 먼저 시들었다. 이렇듯 예쁜 꽃들도 시간이 지나면 초라해진다.

피어보지도 못한 장미 몇 송이와 소국을 골라 집으로 가져왔다. 설탕물을 풀어 꽃병에 꽂아두니 닫혀있던 꽃잎이 열리며 은은한 향기가 퍼졌다. 며칠 지나자 장미 몇 송이는 갈색으로 변했다. 한 두잎 떼어내자, 그 곳엔 때 묻지 않은 연분홍빛 꽃잎이 있었다. 그냥 버렸더라면 보지 못했을 이 속살을 내게 보여준 이유가 무엇일까.

비록 외모는 늙어가도 마음만은 순수함을 잃지 말고 살라는 뜻인 것만 같다.

고마움에 시든 꽃잎을 하나 하나 뜯어 나무 아래 뿌려 주었다.

장둘선
–2018년 4월 《수필과비평》에 수필 신인상 등단/통영문인협회 · 물목문학회 · 경남수필과비평작가회 회원

통영 미륵산 정상에 서면

류 태수

미륵산 정상에 서면 동서남북이 다 보입니다.
동쪽으로는 한산도와 거제도, 용호도 와 비진도가 보입니다.
그 조금 너머에는 … 남쪽으로는 오곡도를 시작으로 연대도, 만지도가 잇대어 있습니다. … 서쪽으로는 풍화리와 사량도 더 멀리는 사천과 남해도가 한눈에 들어옵니다.
북쪽으로는 도산면 수월리를 시작으로 통영시가지가 보입니다 …
이렇게 다양한 얼굴을 한 장소에서 마주할 수 있는 것은 통영의 큰 축복 입니다. 아울러 모든 경치와 바람, 구름, 햇빛은 선경 절경 입니다.
미륵산 에서 보는 한산도 방향 해돋이와 사량도 방향 해넘이의 풍경은 많은 표정이 있습니다. 계절, 안개, 운해, 구름의 형태, 떠오르는 태양의 위치에 따라 환하게 웃어 주기도, 발그레 수줍어 하기도 합니다. … 운해나 안개낀 날은 한 폭의 수묵화를 보는 듯 합니다. … 만나기 힘든 절경이니 만큼 마주했을때 그 벅찬 감동은 이루말할 수 없을 만큼 거대합니다. … 안개나 운해가 드리운 날을 만나면 사진가 에게는 큰 행운 입니다.
빛내림. … 구름사이로 내리는 빛내림의 강약에 따라 …
빛내림 풍경 또한 운해와 안개를 만난날 못지않은 감동을 선물해 줍니다. 장마철 사이사이로 햇살 내리는 날이면 안개, 운해, 빛내림, 특별한 해돋이와 해넘이를 만날 확률은 높아집니다.
미륵산 정상에 서면 이렇게 다양한 모습을 만날 수 있는 것은 사진가 에게 있어 큰 행운이며 아울러 축복입니다. 사진가인 내가 미륵산에 오르는 이유는 행운을 만나고 결과물로 축복을 받고 싶기 때문 입니다.

류태수
-2019 여름호 《서울문학》에 수필로 등단/수향수필문학회 회원

보리 서리

정지랑 / 임 성근

청보리 누렇게 익어가는 들판
소꼴 베던 아이 서리한 보리
그을리는 모닥불 타닥이는 소리
서산 해가 지는 줄 모른다.

새까맣게 숯칠한 입술
소매로 쓰윽 닦으며
멋쩍은 웃음 씨우 삼는다.

새하얀 이가 애처롭다
내 어릴적 동화 속 주인공이다
가슴 시린 흔적이라.

바람이 분다. 바람이 분다.
비가 오려나
달무리 진 하늘
모닥불 연기 자락에
은하수 길게 꼬리를 끈다.

임성근

–2019년 10월 《열린 동해 문학》에 시로 등단/통영문인협회 회원/2019년 시집 《꿈꾸는 달구지》 등 출간

섬

한춘호

한쪽 무릎 꾸부리고
퍼덕이는 사념을 낚아 올리는 섬

한숨 들이키며
담배를 물고
하얀 구름을 피워 올리는 섬

손을 뻗어 닿지 않는 거리가
섬만큼의 거리일까?

중앙시장
어깨가 부딪히는 사람들 사이에서도
사람은
섬이 된다

지척의 거리에서도
제각기 언어의 꽃을 피우는
화려하고
슬픈
섬들

한춘호
-2019년 가을호 《인간과문학》(통권 제27호)에 시로 등단/통영문인협회 회원 · 무크지 《0과1의 빛살》 회원

미시령 고갯길

조혜자

동해 바다 보기 위해 펼쳐진 절경
수십 폭이 겹쳐지는 동양화
쏟아지는 폭우 속에서도
가파른 숨소리로 그리는 입체화
미끄러져 나무에 걸린 자동차
그 아래로 껑충껑충 뛰는 고라니
거북이처럼 끽끽 기어오르는
승용차도 엉덩이를 하얗게 털어 대네

이게 웬일인가 미시령 하늘이
둘로 가르고 있네
새소리가 산토끼를 쫓을 때
내 머물던 아늑한 속초 하늘이
닿는 바다를 그려주고 있네
아! 파노라마 보랏빛 풍경 위로
그림자 없는 해가 묵묵한
울산바위 등을 밀고 있네

조혜자
–2020년 봄호 《문학시대》(제131호) 시로 등단/한국문인협회 · 경남문인협회 · 통영문인협회 회원 · UPLI-KC 회원 · 무크지《0과 1의 빛살》 회원/2022년 첫 시집 《웃었다, 비둘기 때문에》 출간

「비는 내리고」

박원순

밤새 비는 내리고 나도 내린다.
우리가 내려서 닿을 곳은 우리를 기다린 낡은 역.
기차는 떠나고 기차가 떠난 자리에 풀은 돋고
풀은 자라서 풀숲을 이룬다.
음습한 물의 기운들은 어깨에 팔을 두르고
샤워를 하거나 목청껏 노래를 부르거나
술판이 끝난 한자리 난무하는 구호들
허구의 그곳 떠 간다.
우리의 아버지는 우리의 어머니는
뉘엿뉘엿 지는 석양을 향해 미소 짓는다.
고별의 미소를,
하나의 시대는 가고 다시 새로운 시대 시대들
비는 사방으로 내리고 여름 개구리의 합창은 빗소리에 잦아든다.
밤새 내린 빗줄기를 타고 미꾸라지가 하늘을 오르는 순간을
우리는 놓치지 않는다
비는 내리고 우리도 내릴 것이다
내려서 흘러갈 것이다 어딘가로。

박원순
–2020년 5월호 《문학도시》에 시, 2020년 10월호 《문학도시》에 소설로 등단/부산 문인협회 · 물목문학회 회원

안개

손미경

하얀 장막을 치고
간혹 바람이 불면 새가 한마리 튀어나온다

마법의 성

문을 열어주지 않는다
가까이 가면 저만치 물러나고
무슨일이 벌어지고 있는거다

도다리가 펄떡거리며
향 짙은 애기쑥을 기다리고 있다던데
아직 때 이른 봄을 못살게
깝치고 있는지도 몰라

분명히 무슨일이 벌어지고 있는거다
저 하얀 성 안엔

손미경
–2020년 가을호 《시와 편견》으로 등단/통영문인협회 회원

봄풀 밥상,

김 미선

봄볕이 한량없이 쏟아지는 정오,
고색 창연한 집 뜰 마당
평상위에 펼쳐진 봄의 오찬,

시인이 손수 캔 봄나물과 햇쑥으로
끓인 쑥국은 긴 날의 인내와
고독의 잔해를 말끔히 씻어 주었다,

내 누구를 초대해서 이렇듯 지극정성으로
대접할 수 있을까?

무엇을 더 바라겠는가

김미선
-2021년 5월 《수필문학》에 수필 천료 등단/한국수필문학회 · 물목문학회 · 진주 남강문단문학회 회원

수필

강일권

내 어린 시절, 작은 우리 마을에 선창이 하나 있었다.
작은 선창이 가져다 주는 혜택은 너무나 많았다. 무엇보다 우선
변화 없는 시골마을에 만남의 장을 제공했다. 하루 한번 왔다
가는 객선이 신선한 구경거리를 실어 날랐다. 오후에 객선이
오면 항상 뱃고동을 울렸다. 그 고동소리는 오후 3시 15분을 알리는
시계였고, 동민들은 일을 잠시 놓고, 아래채 석장 위로 발돋움해서
오늘의 뉴스를 일독하라는 권유요, 명령이었다. 대개 통영장에 갔다
오는 사람이지만 … 혹시 멀리 부산에서, 까마득한 서울에서 오는 객이
타고 있는 날은 큰 뉴스거리였다.
선창은 나에게 스승의 역할도 했다. 초등학교 1학년때 처음 큰 객선을
탔다. 선창의 밧줄을 풀자 곧바로 선창이 멀어지는게 아닌가. 선창은 언제나
그 자리에 있었고, 절대 움직이지 않는 우리의 놀이터였다. 그런데 배가 내뿜는
포말 뒤로 멀어져 가는 선창, 그 뒤로 같이 움직이는 동네와 뒷산 … 처음으로
보는 이 광경은 신기롭고, 재미있었지만, 한편으로는 두렵기도 했다. 다시 동네
선창으로 귀착했을 때는 엄마 품에 다시 안긴것 같았다. 때로는 선창도 떠
난다는 사실, 내가 처음 개안한 날이었다. 선창은 이별의 장이 되기도 했
고, … 놀이터였다. 선창은 추억의 그림이 가득 쌓여있는 고향이다. 그러나
세월이 한참 흐른 지금, 인적이 끊긴 선창은 쓸쓸하기 그지 없다.

강일권

–2022년 5월 《수필문학》에 수필 천료 등단/한국수필문학가협회 · 수향수필문학회 회원

한 번, 그 아름다움

김병기

한 번 쓰고 버리므로 1회용이다. 마스크, 컵라면, 기저귀. 생활 속에 꼭 있어야 할 필수품은 거의 1회용이다.
우리는 한 번 쓰고 버리는 물품들로써 살아 간다. 하지만 우리 삶의 자리, 우리는 이와 다른 한 번이다.

통영, 올 봄은 한 번만 있다.
미륵산 오솔길 분홍빛으로 수줍게 웃는 진달래, 봉수골 가드락거리며 활짝 웃는 벚꽃, 산양일주도로 은은한 웃음으로 반기는 살가운 동백꽃, 통영대교 찻길 가에 차 타이어에서 떨어진 흙에서라도 살겠다며 하늘거리며 웃음짓는 양귀비꽃, 이들의 아름다움도 한 번밖에 없다. 그들은 제 몫을 든든히 해 냈다. 꽃 진 자리, 열매가 맺힌다.

갓난애는 부모가 먹이고 입힌다. 점점 자라면서 자신에게 맞는 옷을 입고 벗는다. 어린애에서 청년으로 장년에서 노년으로 이우고 스스로 옷을 입지 못한다. 다시는 옷을 입을 수 없다. 업적으로 흔적으로 이름이란 낱말로 누군가에게 기억될 뿐이다. 두 번은 없다.

한 번 소용되지만 이룬 일은 밤하늘 달빛처럼 비바람 거세게 치는 바다 등대불처럼 빛난다. 이우고 아득히 뒤없이 사라진다.
사라지고 남은 아련한 아름다움.

김병기
–2022년 5월 《수필문학》에 수필 천료 등단/통영 지역 교사 역임(사천 거주)/한국수필문학가협회 · 수향수필문학회 회원

미수동 354의 추억

차상희

미수동 354의 집은 내가 중학교에 들어가던 해부터 고등학교를 졸업할 때까지 6년을 살았다. 내 방에는 창문이 두곳으로 나 있었는데 한쪽에서는 충무대교가 보이고 다른 쪽에서는 당동쪽 바다가 보였다. 책상에 앉아서 공부는 하는 둥 마는둥하면서 배가 지나가는 풍경에 자주 시선을 빼앗겼다. 집에서도 늘 바다가 보였고 학교를 다니던 6년동안 충무대교를 걸어다녔기에 매일 시시때때로 변하는 바다를 보면서 학창시절을 보냈다. 감수성이 풍부했던 그시절 바다는 늘 내곁에 있어 주었다.

어른이 되어 우연히 미수동 쪽을 지나다가 우리가 살던집이 근사한 카페로 변신한 모습을 보게 되었다. 그집은 10년이 넘게 아무도 살지 않고 외롭고 쓸쓸한 외관을 지니고 있었다. 어느날 뚝딱하니 변신한 그 집을 보면서 나는 놀랍기도 하고 한편으로는 아쉬운 마음이 들기도했다. 여러 사정으로 그 집을 떠나보내게 되었는데 다른사람에 의해 멋지게 변한 모습을 보니 우리가 끝까지 그집을 지켜주었더라면 어땠을까 하는 뒤늦은 후회가 밀려오기도 했다.

나는 내가 살던 그곳이 어떻게 변했는지 구석구석 내눈으로 보고싶었다.

차상희
–2022년 5월 《수필문학》에 수필 천료 등단/한국수필문학가협회 · 수향수필문학회 회원

부록
사)한빛문학관 소장 육필

황산 고두동(통영 출신) 시조시인의 육필

청마 유치환이 조연현에게 보낸 사신私信/이영도가 조연현에게 보낸 사신私信

초정 김상옥(통영 출신) 시조시인의 육필

김춘수가 조연현에게 보낸 사신私信/이호우가 조연현에게 보낸 사신私信

김성욱(청마 유치환 선생님 큰사위) 문학평론가의 육필

백석 시인의 통영 란(박경련)이 차영한 시인에게 보낸 육필

박보운(통영 출신) 시인의 육필

제옥례 선생님의 육필

유병근 시인의 육필

서우승 시조시인의 육필

파성 설창수, 이경순, 정진업, 김종길 시인의 육필

이경순 시인의 육필

미당 서정주 시인께서 차영한 시인에게 직접 사인 육필

박재삼(사천 출신, 사천시 박재삼문학관) 시인의 육필

백석 시인과 동문이었던 탁오석 선생님(통영중학교 역사 선생님)의 육필

심산 문덕수 시인의 육필

구연식 시인의 육필

김종길(김종삼 시인의 친동생) 시인의 육필

정공채 · 차한수 시인의 육필과 강남주(부산 거주) 시인 및 박진환(서울 거주) 시인의 육필

성춘복(서울 거주) 시인의 육필

이계진(원주 거주) 전 KBS 아나운서의 육필

(10×20)

No.

故鄕에서 여러분들이 힘을 모아 「忠武文學」을 出刊한다는 일은 衷心으로 祝賀합니다. 約 六十年전에 우리들이 모아 「土聲」誌를 發刊하던 그날의 생각이 납니다. 健鬪를 빕니다.

壬戌年 十一月 九日

高皇山

車映翰 詞兄

황산 고두동(통영 출신) 시조시인의 육필

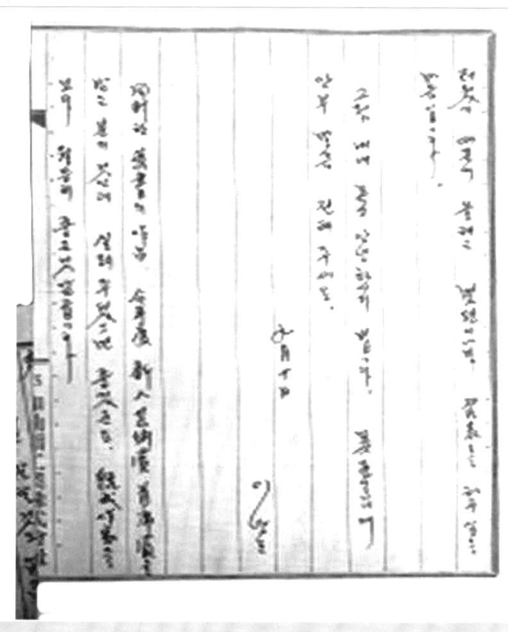

上–청마 유치환이 조연현에게 보낸 사신私信(문학평론가 박종석 문학박사 영인본 제공)

下–이영도가 조연현에게 보낸 사신私信(문학평론가 박종석 문학박사 영인본 제공)

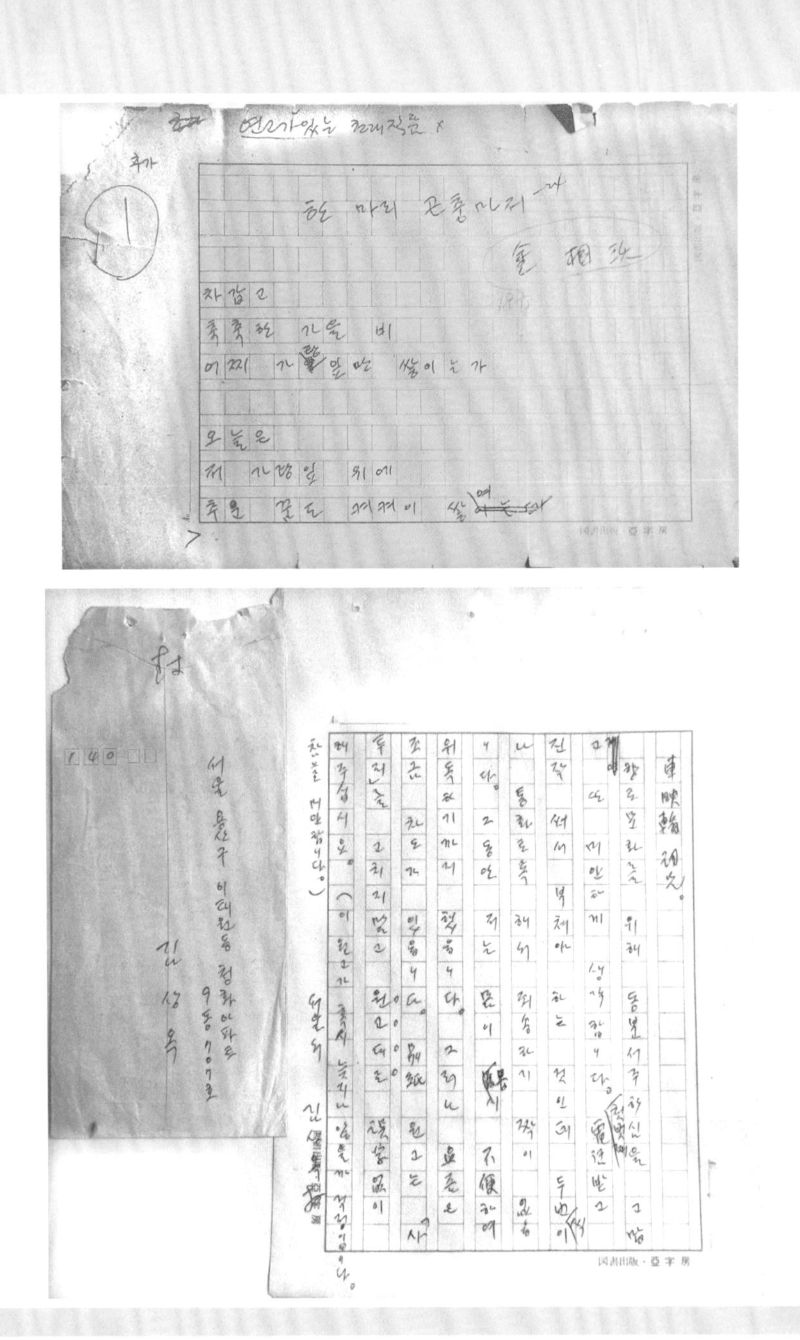

초정 김상옥(통영 출신) 시조시인의 육필

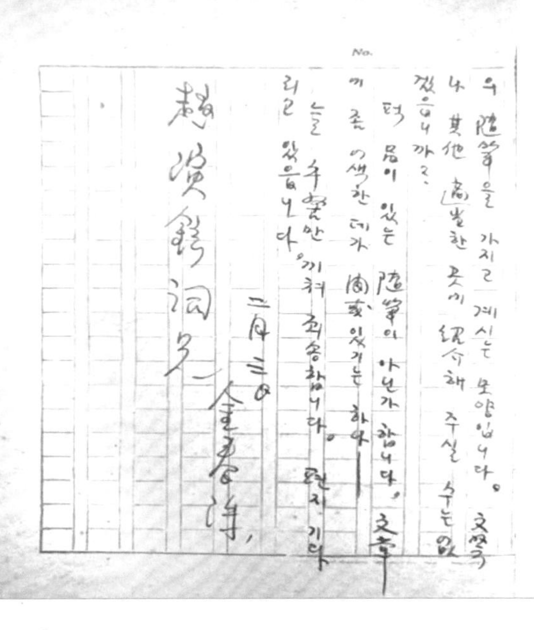

우 隨筆을 가지고 계시는 모양입니다. 文學의
나 其他 適當한 곳에 紹介해 주실 수는 없
겠읍니까.
떡 몸이 있는 隨筆이 아닌가 합니다. 文章
에 좀 애색한 데가 間或 있기는 하나 ―
늘 手紙만 끼쳐 죄송합니다. 편지 기다
리고 있읍니다.
二月 三日 金春洙,
趙演鉉 詞兄

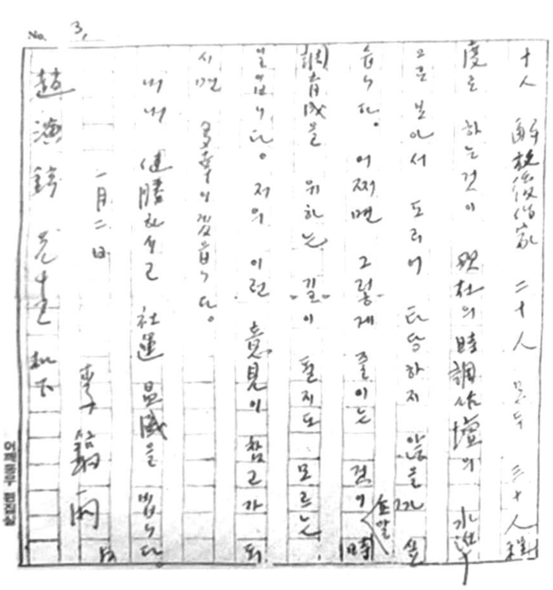

No. 3,
十人 解放後作家 二十人 모두 三十人 정도
度로 하는 것이 現在의 時調詩壇에 가장
고로 보아서 도리어 타당하지 않을까 생각
습니다. 어쩌면 그렇게 줄이는 것이 時
調育成을 위하는 길이 될지도 모르는
일입니다. 저의 이런 意見이 참고가 되
시면 多幸이겠읍니다.
내내 健勝하시고 社運 昌盛을 빕니다.
一月 二日 李豪愚 拜
趙演鉉 先生 机下

上-김춘수가 조연현에게 보낸 사신私信(문학평론가 박종석 문학박사 영인본 제공)

下-이호우가 조연현에게 보낸 사신私信(문학평론가 박종석 문학박사 영인본 제공)

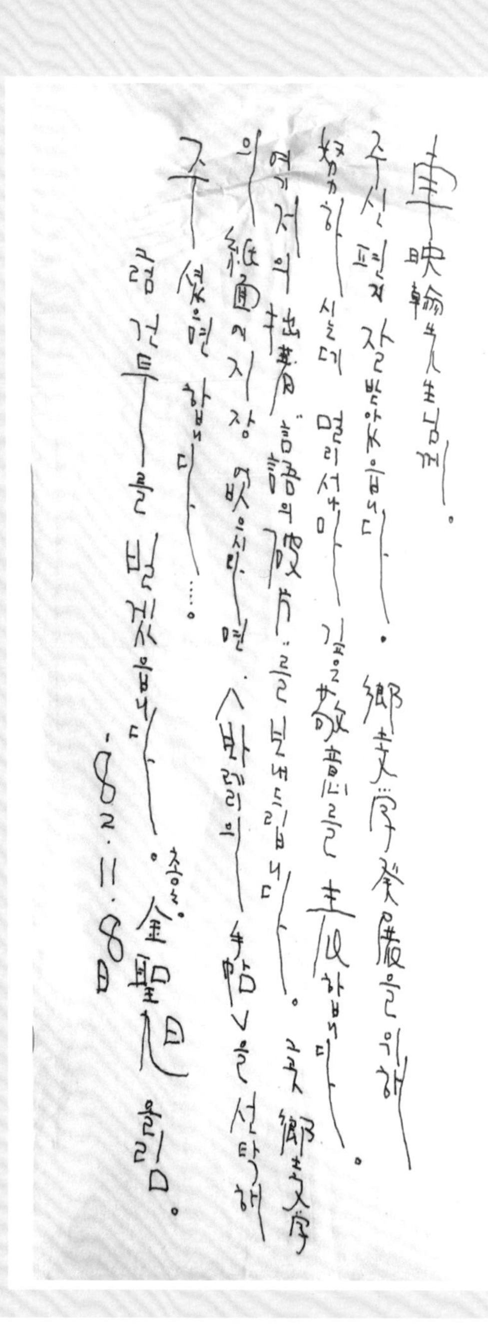

車映輪先生님께.

주신 편지 잘 받았읍니다. 鄕土文學 發展을 위해 努力하시는데 멀리서나마 깊은 敬意를 表합니다. 여기 저의 拙著 "言語의 破片"를 보내드립니다. 그곳 鄕土文學의 紙面에 지장 없으시면 〈바레리의 手帖〉을 선택해 주셨으면 합니다....

큰 건투를 빌겠읍니다.

'82.11.8日

金聖旭 올림.

김성욱(청마 유치환 선생님 큰사위) 문학평론가의 육필

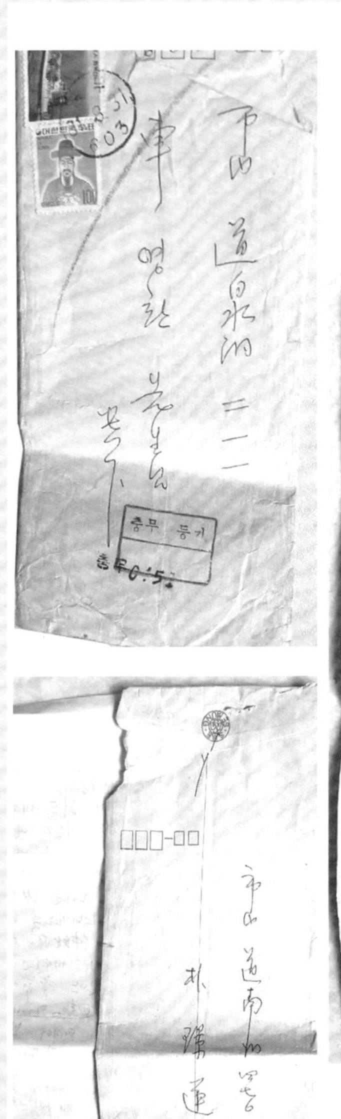

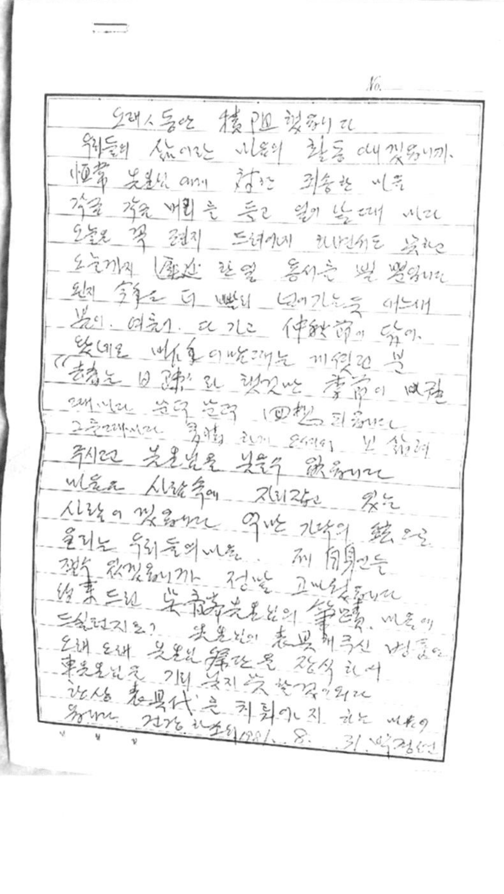

No.

오래ㅅ동안 積阻했읍니다
우리들의 삶이라는 마음의 활동 때문이겠읍니까.
恒常 선생님 에게 참으로 죄송한 마음
[illegible] 일이 날때 마다
오늘은 꼭 편지 드려야지 하면서도 [illegible]
오늘까지 遲延 한 셈 용서는 빌 뿐입니다
[illegible] 더 빨리 넘어가는 듯 어느새
봄이. 여름이. 다 가고 仲秋節이 닥아
왔네요 [illegible]
[illegible]
[illegible]
[illegible]
[illegible]
주시던 선생님을 잊을수 없읍니다
마음은 사랑속에 자리잡고 있는
사랑이 [illegible]
울리는 우리들의 마음. 제 自身만은
[illegible] 정말 고마웠읍니다
[illegible] 선생님의 [illegible] 마음에
[illegible]
[illegible]
[illegible]
[illegible]
[illegible] 1991. 8. 31. 박경련

백석 시인이 좋아했던 '란'의 당사자 박경련 선생님이 차영한 시인에게 보냈던 두 번째 서신의 겉봉투에 적힌 수신인과 발신인 이름, 서신 내용의 육필

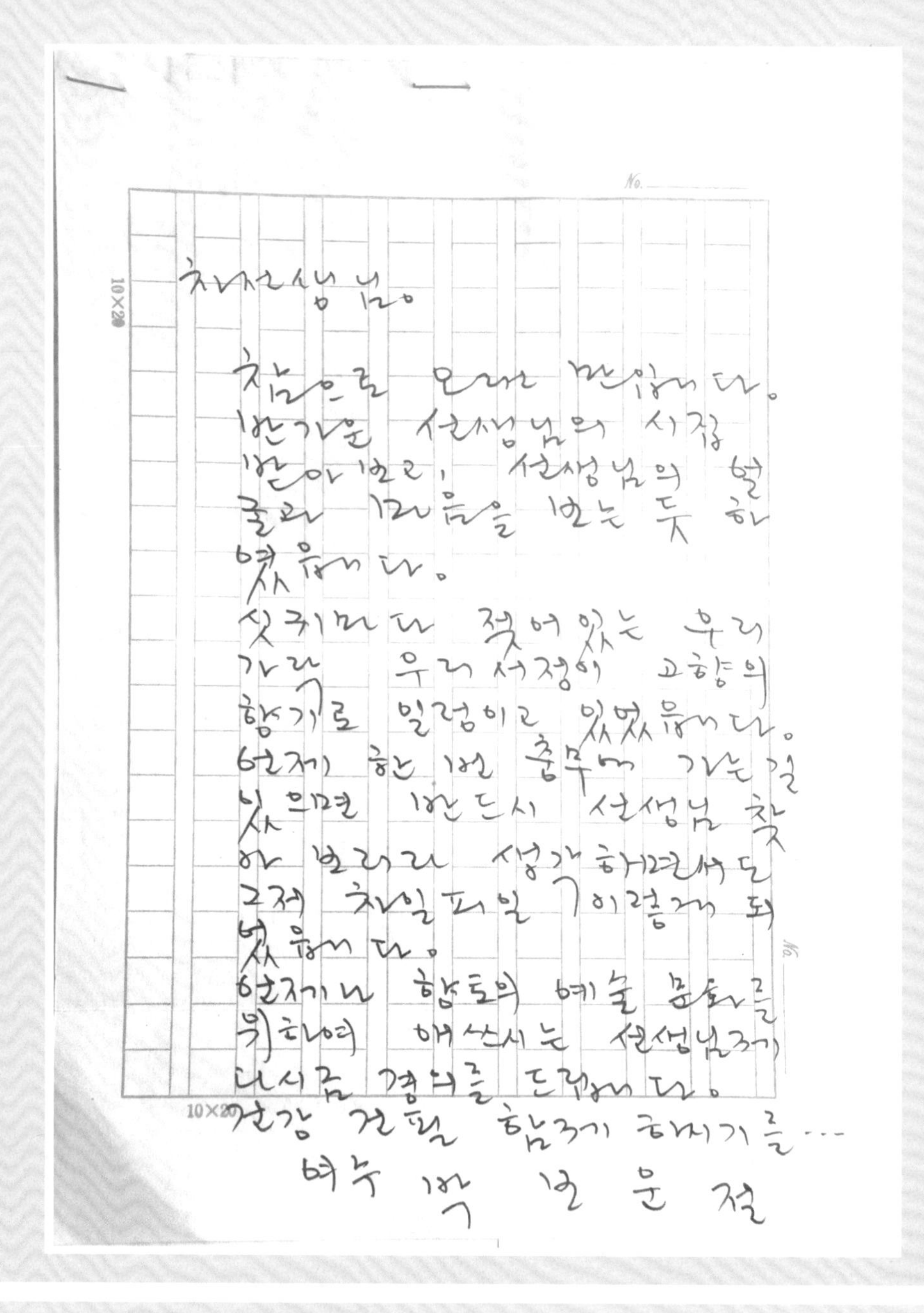

차선생님。

참으로 오래간만입니다。
반가운 선생님의 시집
받아보고, 선생님의 얼
굴과 마음을 보는 듯 하
였읍니다。
싯귀마다 젖어있는 우리
가락 우리 서정이 고향의
향기로 일렁이고 있었읍니다。
언제 한 번 충무에 가는 길
있으면 반드시 선생님 찾
아 보리라 생각하면서도
그저 차일피일 이렇게 되
었읍니다。
언제나 향토의 예술 문화를
위하여 애쓰시는 선생님께
다시금 경의를 드립니다。
건강 건필 함께 하시기를…
아우 박보운 절

박보운(통영 출신) 시인의 육필

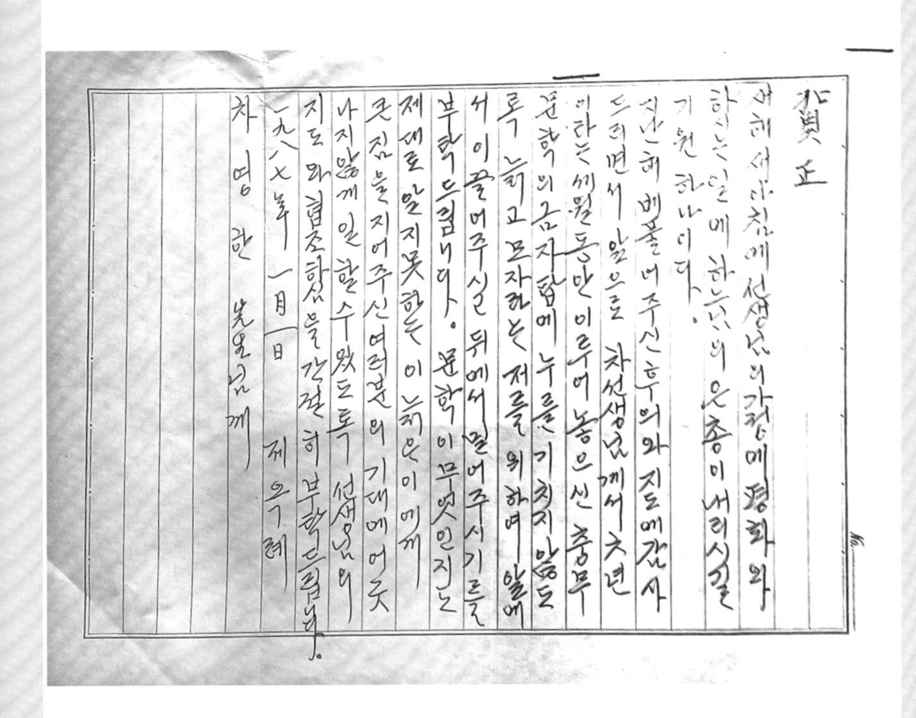
賀正

새해 새아침에 선생님의 가정에 평화와
하시는 일에 하느님의 은총이 내리시길
기원 하나이다.
지난해 베풀어주신 후의와 지도에 감사
드리면서 앞으로 차선생님께서 수년
이라는 세월동안 이루어 놓으신 충무
문학의 금자탑에 누를 끼치지 않도
록 늙고 모자라는 저를 위하여 앞에
서 이끌어주실 뒤에서 밀어주시기를
부탁드립니다. 문학이 무엇인지도
제대로 알지못하는 이 늙은이에게
큰짐을 지어주신 여러분의 기대에 어긋
나지않게 일할수 있도록 선생님의
지도와 협조하심을 간절히 부탁드립니다.
一九八七年 一月 一日 제옥례
차 영 한 선생님께

제옥례 선생님의 육필

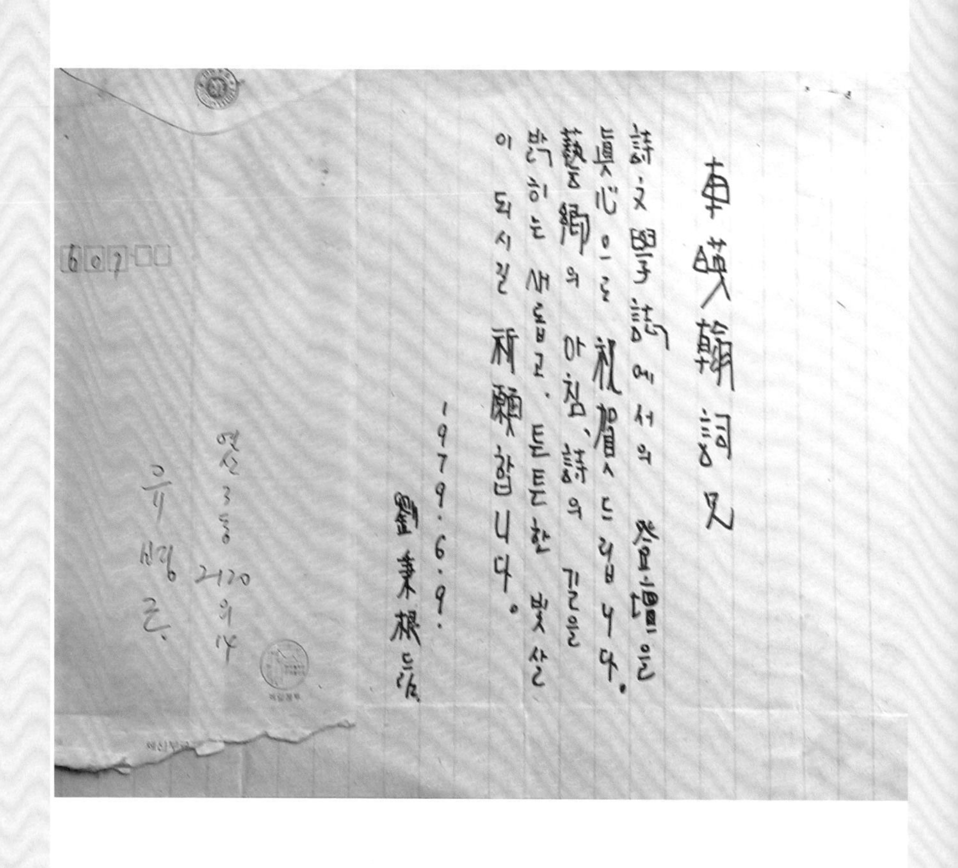
車英翰 詞兄
詩文學誌에서의 登壇을
眞心으로 祝賀드립니다.
藝術의 아침, 詩의 길을
밝히는 새롭고, 튼튼한 빛살
이 되시길 祈願합니다.
1979. 6. 9.
劉秉根 드림

607-
연산3동 2170의14
유병근.

유병근 시인의 육필

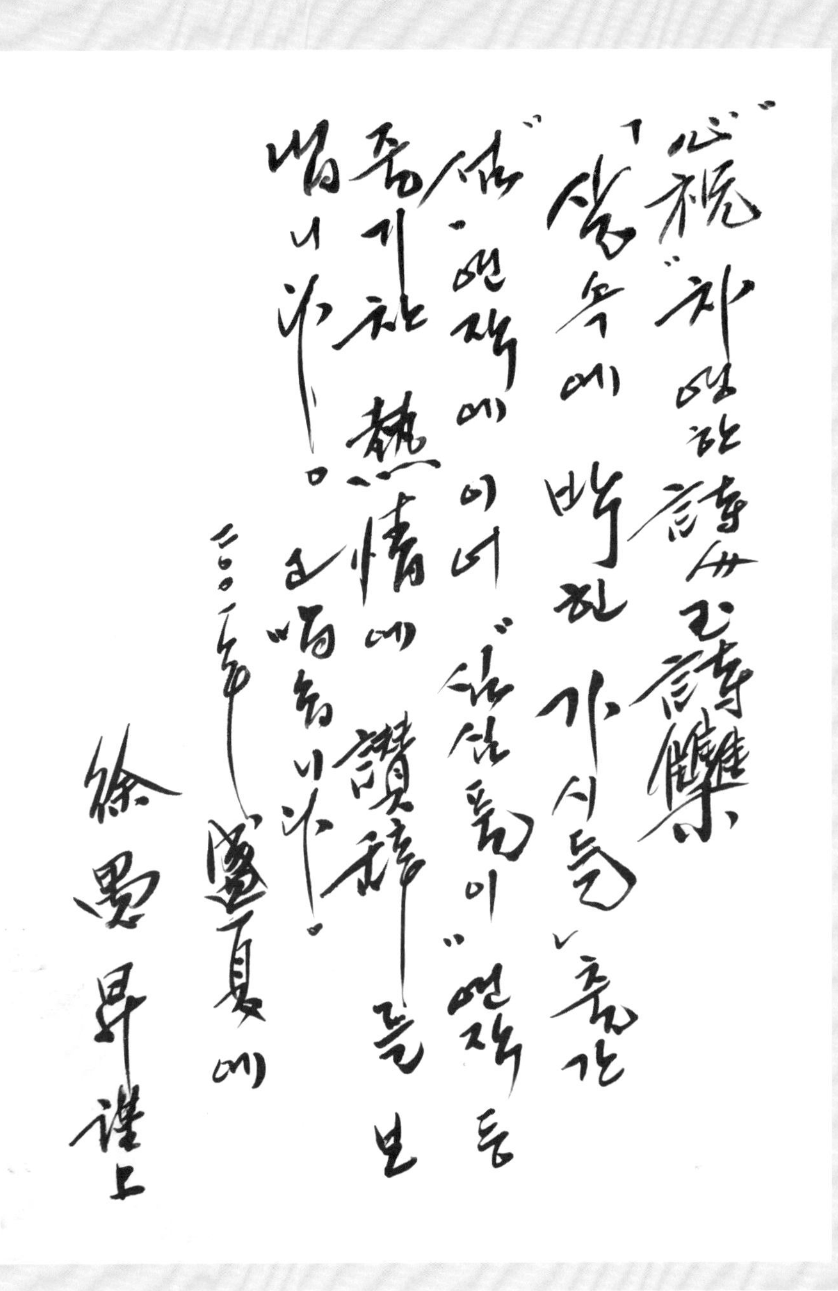

"心稿"라 이름한 詩冊과 詩集
「삶 속에 박힌 가시들」 출간
"信" 연작에 이어 "시선들이" 연작 등
줄기찬 熱情에 讚辭를 보
냅니다。 또 배웁니다。
二〇〇一年 盛夏에
徐偶昇 謹上

서우승 시조시인의 육필

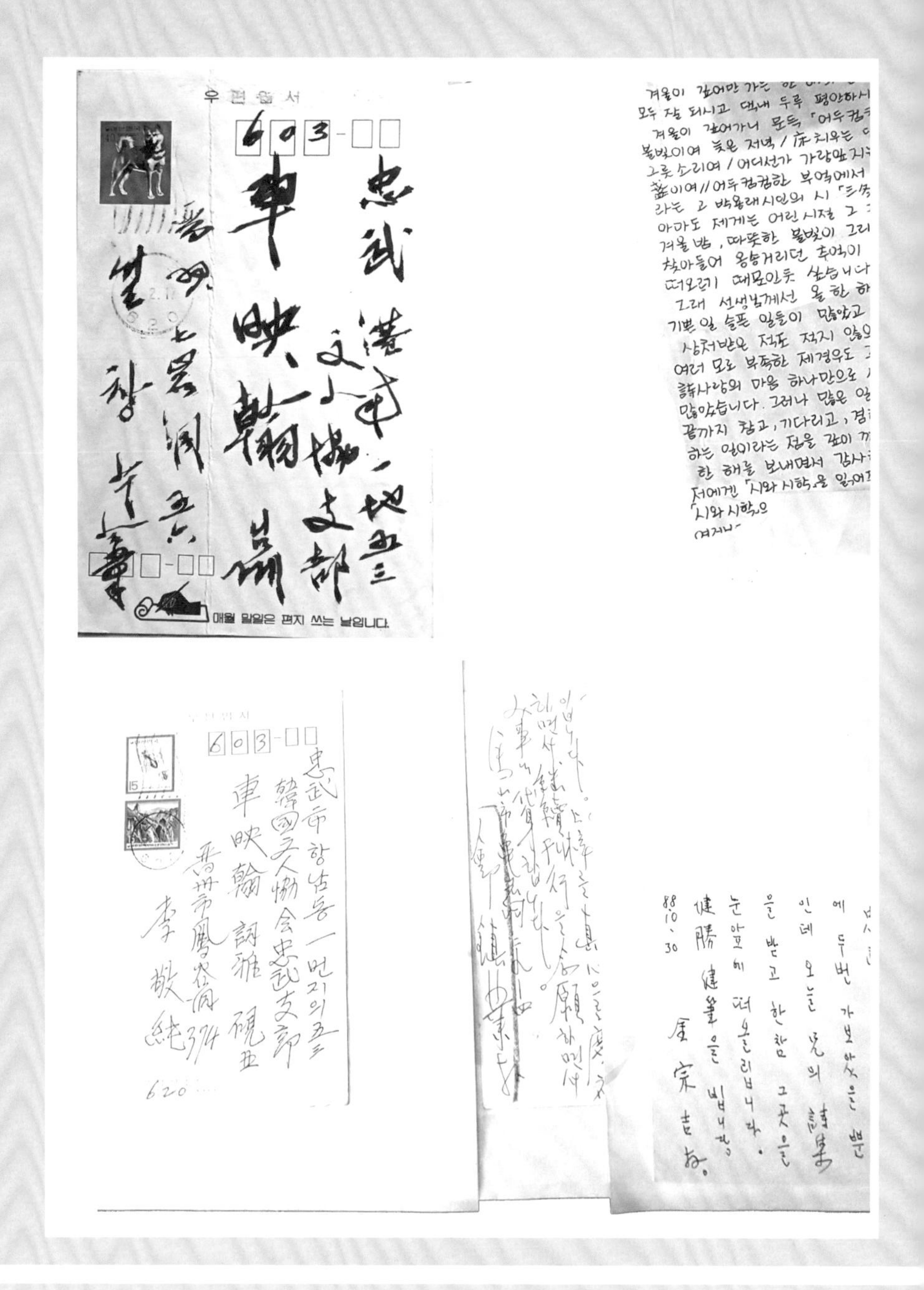

파성 설창수, 이경순, 정진업, 김종길 시인의 육필

謹啓

文協諸兄의 健筆을 祝합니다

文學의 밤 行事 招請狀 감사

합니다. 當日 不參하게 된 서운함을

謝過합니다. 不備禮

李敬純 拜謝

韓國文人協會忠武支部

車映翰 詞兄 机下

李敬純 拜

매월 말일은 편지 쓰는 날입니다.

이경순 시인의 육필

미당 서정주 시인께서 차영한 시인에게 직접 사인 육필

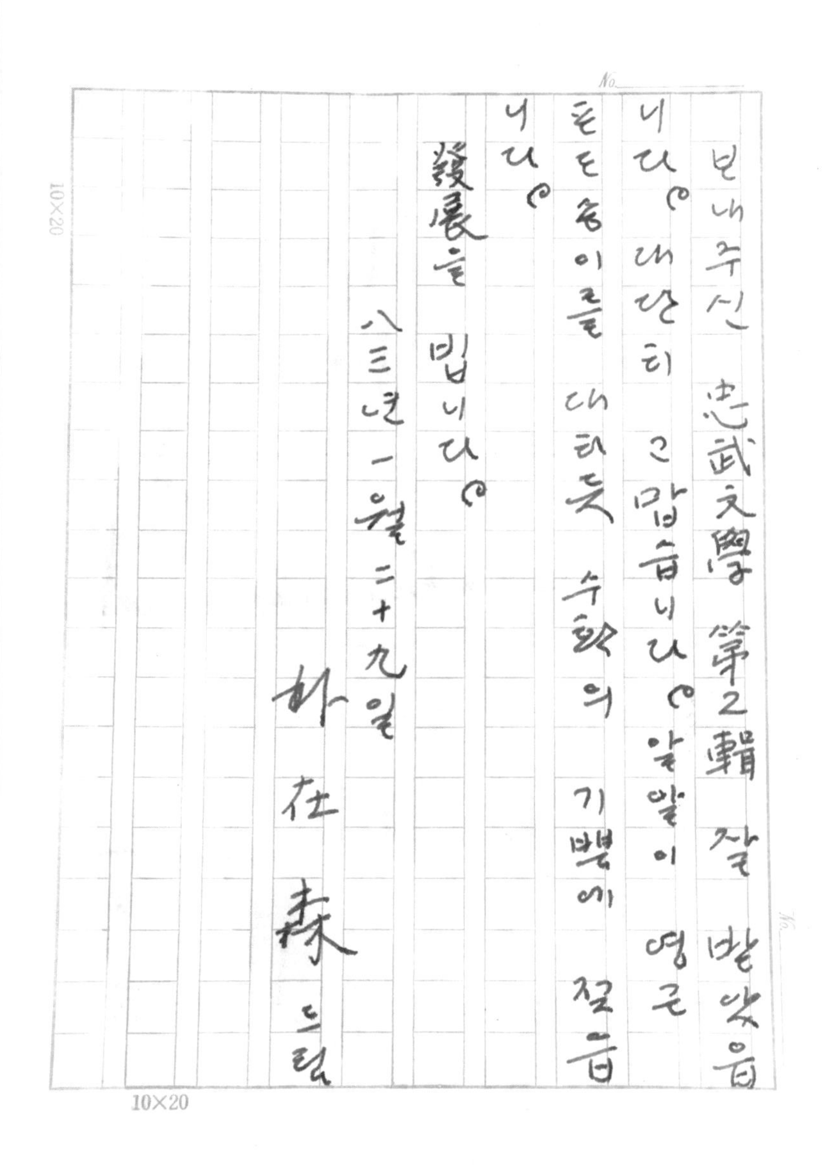
보내주신 忠武文學 第2輯 잘 받았읍니다. 대단히 고맙습니다. 알알이 영근 돈도롱이를 대하듯 수확의 기쁨에 젖습니다.

發展을 빕니다.

八三년 一월 二十九일

朴在森 드림

10×20

박재삼(사천 출신, 사천시 박재삼문학관) 시인의 육필

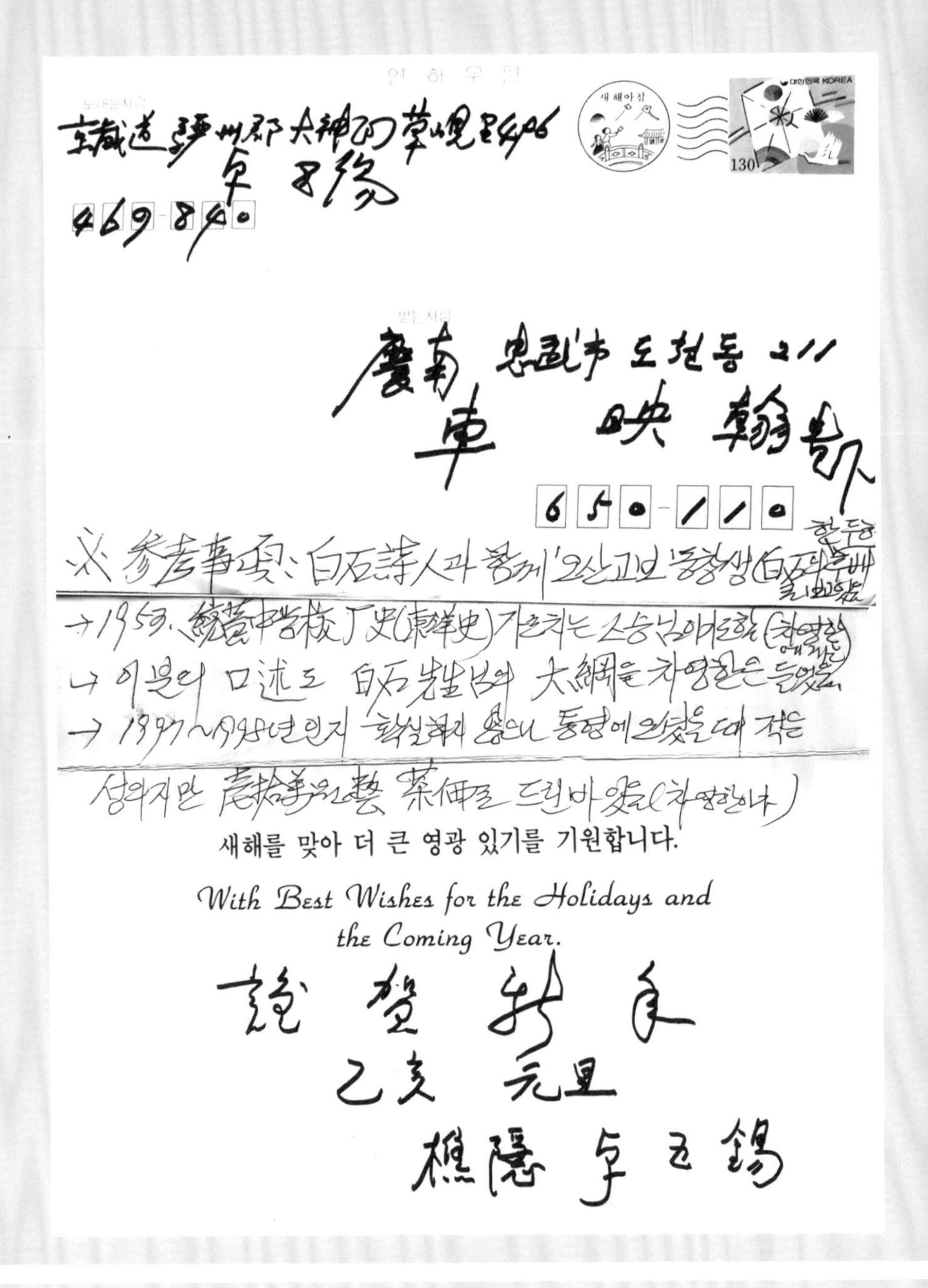
연하우편

보내는사람

469-840

새해아침

대한민국 KOREA

130

받는사람

慶南 忠武市 도천동 211

車 映 翰

650-110

새해를 맞아 더 큰 영광 있기를 기원합니다.

With Best Wishes for the Holidays and the Coming Year.

謹賀新年

乙亥 元旦

樵隱 卓五錫

백석 시인과 동문이었던 탁오석 선생님(통영중학교 역사 선생님)의 육필

차영한 형에게

토지문학제 때 차형 부부를 만나게 되어 기뻤습니다

능력 있는 분에게 부탁하여 '차영한론'을 써서
보내 주세요. 이 부분을 중요시해야 합니다.
[illegible] 청마는 그 동안 친일문제로 곤욕을 치렀습니다. 앞장을
[illegible] 서서 이 문제를 막는데 혼신의 노력을 [illegible] 하신 분이
있습니다만, 너무 과격해서 [illegible] 되었습니다. 근년
의 청마문학상에 다시 통영을 [illegible] 심사에 참여
하는 것을 보고, 놀라움을 금치 못했습니다. [illegible] 事
[illegible] 나쁘구나 하는 생각이 들었습니다. 이 세상 모든
일은 [illegible] 하지 못하며, 이익이 있으면
손해도 반드시 생기기가 있기 마련(有一利, 必有一害)
이라는 古語가 있습니다. 그 사람이 이 진리를 깨달았더라
면 하는 아쉬움도 있습니다.

다시 이야기를 [illegible]으로 돌리겠습니다. 이 시작은
[illegible] 중요하다고 생각합니다. [illegible] 남쪽
바다와 섬 생활의 抒情에 진수를 표현한 점에서, 북쪽의
白石에 결코 뒤지지 않는 '쌍벽'이라고 생각합니다.
누군가 이 점을 중심으로 한 論評이 있으면 좋겠
습니다. 반드시 그런 일을 自任하고 나설 사람도 있을
것으로 보입니다.

부인을 비롯하여 집안 모두 평안하기를 바랍
니다. (부인은 진실로 賢母良妻인 것 같습니다.) [illegible]

2009. 6

追伸: 통영문협, [illegible] 젊은 여성의 작품
보내주세요.

문덕수

심산 문덕수 시인의 육필

연 하 우 편 엽 서

새해아침

대한민국 KOREA 70

謹 賀 新 年

「시골 햇살」 詩集
惠呈에 묻혀 있습니다.
새해는 榮光과 所願成就의 해가 되시기를 빕니다.
晩年에 있어 寡作이 없어 失禮가 많았습니다.
빛나이 오소서-친필

체 신 부 정성도/민 화

구 연 식

보내는 사람 602~102 부산서구동대2가 영산아파트 1동 209호

받는 사람 車映翰 詩人
경남 충무시 도천동 211
650-110

구연식 시인의 육필

우 편 엽 서

2012.12.13

보내는 사람 김 종 길
서울 강북구 수유동
532-62
142-887

받는 사람 차 영 한 사백 청안
경남 통영시 봉수 1길 5-10
통영시 봉평동 189-13
650-140

김종길(김종삼 시인의 친동생) **시인의 육필**

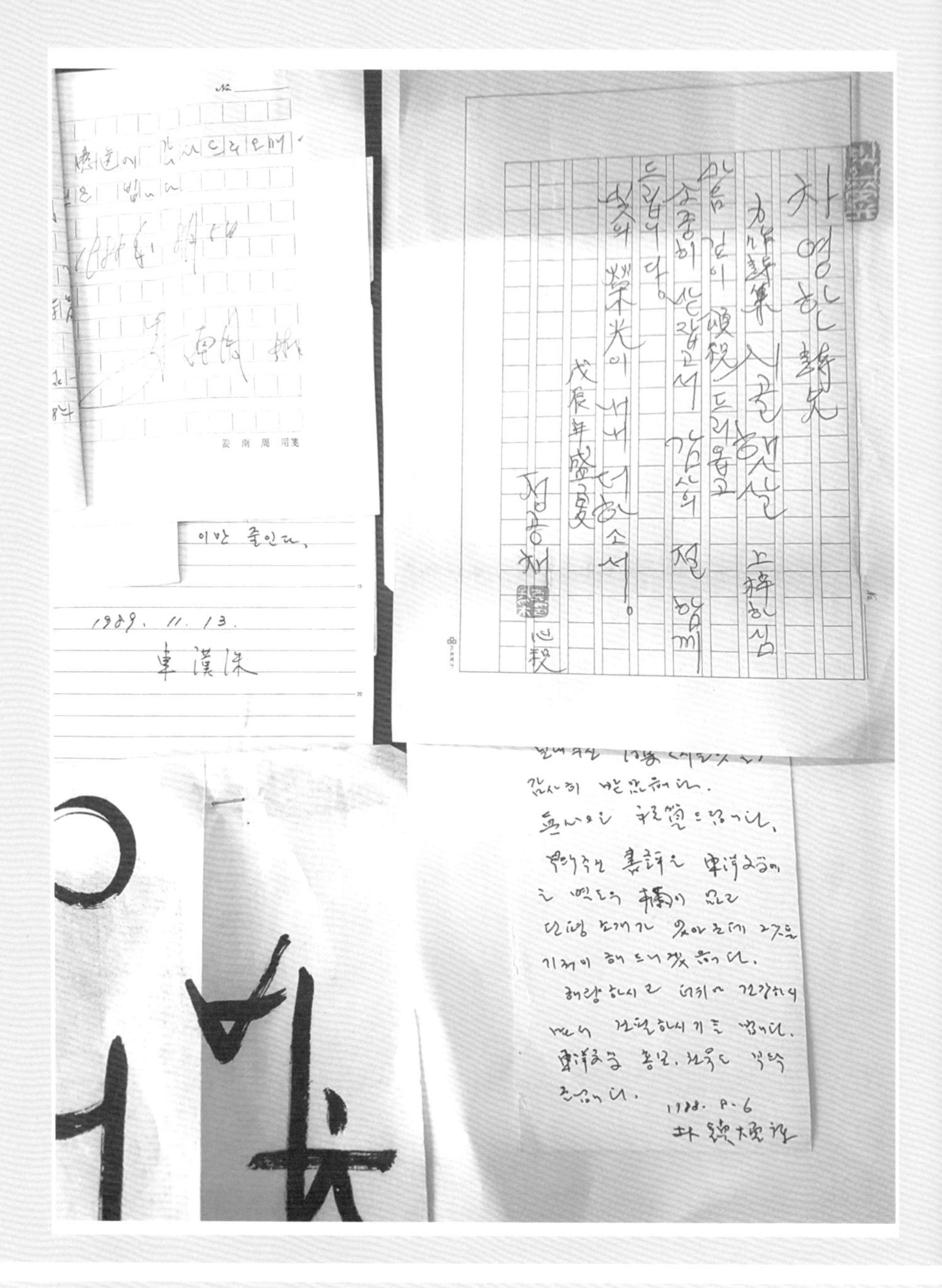

정공채 · 유병근 · 차한수 시인의 육필과
강남주(부산 거주) 시인 및 박진환(서울 거주) 시인의 육필

차영한 선생님

예년에 없던 더위입니다.

「시대문학」이 창간된 지 어언 10년, 오늘

그 기념호로 40호를 냅니다.

그간의 격려와 협찬에 더없는 감사의 뜻을

올립니다. 계속 앞으로도 성원과 질책을 주

시기 바랍니다.

건강하심을 빕니다.

'97. 7.

성춘복 올림

• 시대문학 • 마을 • [illegible] T 743-3795 · 3798

성춘복(서울 거주) **시인의 육필**

SISARANG
LEETTER

Jul .1984

안녕하세요?

저는 KBS에 근무하는 이계진 아나운서입니다.
시사랑을 받아보는 사람입니다.

이렇게 아름다운 시가.... 버릇처럼 시를 먼저 봤읍니다.
처음 대했을땐 여류시인의 작품인줄 알았읍니다.
또 읽어보고 작자를 보았읍니다 - "아, 그러시구나"
했읍니다. 멋진 신사분이시라는걸 알았읍니다.

"시"가 뭔지 거의 모르지만, 좋다 아름답다 정도만
알고있을 뿐입니다.

밝은 하늘색과 푸른바다, 검푸른 섬들이 점점이
떠있는, 솜씨좋은 이의 서양화를 대하는
기분이었읍니다.

가끔 글쓴이에게 편지 드리고 싶은 때가
있었지만 처음으로 드리는 글입니다.

무더운여름 건강하시고 좋은시 많이 쓰십시오.

1984. 7. 1. 이계진

서울 영등포구 여의도동 KBS 아나운서실
이계진
150-

경남 충무시 도천동 211번지
603-
차영한 선생님
(답신의 노고를 원하지 않습니다.)

이계진(원주 거주) 전 KBS 아나운서의 육필

한빛문학관 약사略史

• 한빛문학관의 한빛의 뜻: '한국의 빛', '큰 빛', '글 빛' 등의 뜻을 담아 미래지향적인 문학관의 꿈과 희망을 상징, 지속적으로 무궁한 발전을 도모코자 함.

• 한빛문학관 대지(봉평동189-11) 307㎡와 쉼터 대지(189-12) 171㎡이며, 건물 부지는 1층 142.08㎡, 2층 121.38㎡임(별첨: 토지, 건물 등기부등본 및 토지, 건물 대장).

• 한빛문학관 자격 요건: 사립 문학관일 경우, 전시실은 120㎡ 이상이어야 하므로 현 한빛문학관 2층 전시실은 121.38㎡로써 충분조건을 갖추고 있으며, 1층(총면적 142.08㎡)에 수장고(11.88㎡) 1개소, 교육실(17.96㎡)) 1개소, 사무실(15.76㎡) 1개소, 그 외 연구실(11.34㎡) 1개소, 집필실 겸 관리인실(22.74㎡) 1개소, 자료실(5.13㎡) 1개소, 셀프코너(19.14㎡) 1개소, 기타 계단, 화장실 외 3개소(38,13㎡) 등 면적을 갖고 있음.

• 사립 문학관 자격 요건 중 전문인력 확보함: 문학진흥법 시행령 17조에 의거 전문 인력1명 확보(고등교육법 제 29조 해당)에 따라 본 한빛문학관 관장 차영한 시인 · 문학평론가는 국립경상대학교 일반대학원 국어국문학과를 졸업(현대문학 전공–문학박사 학위기 취득함)하여 조건에 해당(근거 서류는 수장고 비치함)함.

• 한빛문학관 사단법인 등록: 2018년 6월 19일 사단법인 한국문학관협회에 회원관 가입 (제18-04호)☞문학관등록번호: 경상남도문화예술과–5320.

• 수익사업 하지 않는 비영리법인 및 국가기관 등: 본점 고유번호증(220-82-70071) 받음.

• 2021. 04. 21. 경상남도로부터 '문학관 등록증(제 경남6–사립1–2021–01호)' 받음(문학 진흥법 제21조 제1항 • 제2항 및 같은 법 시행령 제14조 • 제15조에 따라 위와 같이 등록 결과임).

• 2021. 04. 21 이후, 지방세특례제한법 제52조 제1항에 따라 재산세 전액 면제받음.

- 2014. 04~ 2014. 10. 문학예술진흥법에 의거 한빛문학관 건립.
- 2015. 04. 11. 한빛문학관 개관식 거행.
- 2015. 03. 12. 개관식 전 2층 〈문화 및 집회 시설〉에서 봄부터 겨울까지 매년 2회씩 문예 창작기법 무료강좌 겸 인문학 강의 2017년 제6기생 배출 등 오늘에 이르고 있음(기성 시인 2명 배출).
- 2018. 06. 19. 사단법인 한국문학관협회에 '사단법인 등록금납부' 포함 구비서류 제출한 결과 〈회관 등록증: 제18-04호〉 받음.
- 2018. 06. 26. 한빛문학관 지역특성화 프로그램사업 운영위원회를 구성, 운영함.
- 2018. 07. 25. 2018년 지역특성화 프로그램 개발 2차 응모사업 계획서 제출함.
- 2018. 08. 10. 공모 심의에서 한빛문학관 선정 사업비 5백만 원 지원받음(비 예치형 통장).
- 2018. 08. 17. 국세청에 비영리 목적의 사업자등록 결과 고유번호 증(제 220-82-70071) 받음.
- 2018. 09. 07. 오후 6시 30분 한빛문학관 2층 〈문화 및 집회 시설〉에서 '시와 음악의 만남' 개최: 통영 출신, 영남대학교 명예교수 작곡가 진규영과 성악가(소프라노) 이병렬 교수 초청하는 한편, 시 낭송회 등 성과 거양 함.
- 2018. 10. 20. 오후 6시 정각 한빛문학관 2층에서 2차 사업 '바닷소리와 문학의 만남 포럼' 개최: 현재 한양대학교 교수, 문학평론가 유성호 문학박사 초청 성과 거양 함.
- 2019. 06. 01. 지역특성화 상주작가 프로그램사업 제1회 바다사랑 전국 한글시백일장대회 개최 사업 확정, 사업비 4백만 원정 지원과 아울러 상주작가 배치에 따른 인건비(4대 사회보험 포함) 2천3백8십만 원정 지원받음(예치형 통장).

- 2019. 06. 01. 상주작가 1명(정소란 시인)을 임용과 동시 팀장으로 발령함.
- 2019. 09. 03. 오전 10시 한빛문학관 2층 〈문화 및 집회 시설〉에서 한빛한글학교 개설 운영.
- 2019. 10. 17. 오전 11시 정각 현 봉평동 분수대(발개 마을)옆 주변 광장에서 지역특성화 상주작가 프로그램사업 제1회 바다사랑 전국 한글시백일장대회개최 사업추진에 따른 추진운영위원회 개최함.
- 2019. 10. 26. 지역특성화 제1회 바다사랑 전국백일장대회 개최함(장소: 경남 통영시 봉평동(발개 마을) 분수대 주변 광장).
- 2019. 11. 18.~12. 16. 시민학교 개설 '로컬마스터와 함께 통영을 이야기하다' 장소 무료 제공함.
- 2019. 12. 02.~12. 07. 통영수채화협회 창립전 5일간 개최 무료 제공함(회장 최득순).
- 2020. 04. 01. 지역특성화 상주작가 프로그램사업 청마 고향시가 갖는 의미 제1부 초청문학 강연 및 제2부 청마 고향시 낭송회 개최 사업 확정, 사업비 7백2십만 원 지원과 상주작가 배치에 따른 인건비(4대 사회보험 포함) 1천9백8십만 원 정 포함, 2천7백만 원정 지원받음(예치형 통장).
- 2020. 04. 01. 상주작가 1명(김판암 시인)을 임용과 동시 팀장으로 발령함.
- 2020. 06. 30. 당일 오전 11시 한빛문학관 2층 전시실에서 2020년 한빛문학관 지역특성화 상주작가 프로그램사업 추진운영위원회 개최함.
- 2020. 07. 22. 한빛문학관 소장 유물 체계화 사업 지원 공모 신청 결과 전담 직원 1명 확보, 2020년 8월 1일~2021년 1월 31일까지(6개월간) 작업함(보조금 1천5백만원 정 지원받음).
- 2020. 09. 11. 한빛문학관 2층 문화 및 집회 시설(전시실)에서 청마 고향시가 갖는 의미 초청문학 강연 및 시낭송회 개최, 성과 거양함.

- 2020. 09. 24(목) 오전 11시 한빛문학관 1층 교육실에서 지역특성화 상주작가 프로그램사업 '청마 고향시가 갖는 의미' 사업추진 결과에 따른 추진운영위원회 개최함.
- 2021. 03. 01 상주작가 지원사업 향토 출신 작고문인 추모 시 공모전 개최 사업비 3백만원과 영상제작비 1백만원 정과 인건비(기관부담 4대보험 포함)1천 9백 80만원 등 총 2천3백80만 원정 지원받음(예치형 통장).
- 2021. 03. 01. 상주작가 1명(조극래 시인)을 임용과 동시 팀장으로 발령함.
- 2021, 03. 17. (수) 오전 11시 정각 포스트 코로나로 인한 비대면 추진운영위원회 개최함.
- 2021. 04. 21. 경상남도로부터 문학관 등록증(제 경남6-사립1-2021-01호) 받음.
- 2021. 04. 21 이후, 지방세 특례법 제52조 제1항에 따라 재산세 전액 면제받음.
- 2021. 06. 03. 한빛문학관 단행본 시집 팸플릿 식 『꽃으로 뿌리내린 당신』 200부 발간.
- 2021. 06~ 09. 1999~2018년 통영시지 내 통영문학사 기술오류 일제 정비작업 완료.
- 2021. 09. 10~2021. 10. 31까지(50일간) 한빛문학관 2층 〈문화 및 집회 시설〉에서 공모에 당선된 향토 출신 작고 문인 추모시화전 개최함.
- 2022. 03. 01, 상주작가사업 '통영지역 섬 사랑 시 공모전' 개최에 따른 인건비(기관부담 4대보험 포함)1천 9백 80만 원 등 총 2천3백80만 원정 지원받음(예치형 통장). 팸플릿 시집 발간 및 2층에서 당선작품 시화전 개최계획 확정함.
- 2022. 03. 01, 상주작가 1명(박건오 수필가)을 임용과 동시 팀장으로 발령함.

- 2022. 03. 18(금) 오전 11시 정각 코로나19로 인한 비대면 추진운영위원회 개최함.
- 2022. 04. 25(월) 현역 통영 출신과 연고 문인 육필 모음 문집 발간(500부 발간 계획) 및 출판기념회 개최를 위해 통영시로부터 시 보조금 3백만 원정 지원과 자부담 3십만 원정 확보하였음.

위의 기록사항은 2022년 10월 11일 현재 상이相異 없음을 확인합니다.

사단법인 한빛문학관 관장 차영한

2022 통영 출신 및 통영 연고 문인 육필 모음 문집

따스한 숨결로 쓴 타임캡슐

인쇄 2022년 10월 20일
발행 2022년 10월 25일

지 은 이 차영한 외 70명
발 행 인 이노나
펴 낸 곳 인문엠앤비
주　　소 서울특별시 종로구 북촌로4길 19, 404호(계동, 신영빌딩)
전　　화 010-8208-6513
이 메 일 inmoonmnb@hanmail.net
출판등록 제2020-000076호

사)한빛문학관
주　　간 차영한
편집위원 박건오
주　　소 53078 경상남도 통영시 봉수1길 9
전　　화 055-649-6799
이 메 일 solme6799@hanmail.net

본 문인 육필 모음 문집은 통영시 지원보조금(일부)으로 제작되었습니다.

저자와 협의, 인지는 생략합니다.
잘못된 책은 바꿔 드립니다.

ISBN 979-11-91478-15-0 03810
값 15,000원